De

Negocios… y amor

SARA ORWIG

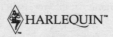

HARLEQUIN

Editado por HARLEQUIN IBÉRICA, S.A.
Núñez de Balboa, 56
28001 Madrid

I.S.B.N.: 978-84-671-8646-8
Depósito legal: B-30055-2010
Editor responsable: Luis Pugni
Preimpresión y fotomecánica: M.T. Color & Diseño, S.L.
C/ Colquide, 6 portal 2 - 3º H. 28230 Las Rozas (Madrid)
Impresión y encuadernación: LITOGRAFÍA ROSÉS, S.A.
C/ Energía, 11. 08850 Gavá (Barcelona)
Fecha impresion para Argentina: 28.2.11
Distribuidor exclusivo para España: LOGISTA
Distribuidor para México: CODIPLYRSA
Distribuidores para Argentina: interior, BERTRAN, S.A.C. Vélez
Sársfield, 1950. Cap. Fed./ Buenos Aires y Gran Buenos Aires,
VACCARO SÁNCHEZ y Cía, S.A.
Distribuidor para Chile: DISTRIBUIDORA ALFA, S.A.

Prólogo

No había caballo que no hubiera podido domar. El estilizado alazán se había resistido; pero ahora, bajo las brillantes luces del corral, Jeff Brand comprobó que el caballo le obedecía a la mínima orden.

En ese momento oyó el ruido del motor de un coche, los vaqueros que trabajaban para él a menudo salían y venían por la noche.

–Creía que eras tú –Jeff tiró de las riendas del caballo hacia un lado al oír aquella voz familiar.

Con mocasines y limpia camisa a cuadros, su hermano Noah tenía aspecto de lo que era: un hombre de ciudad. La lentitud con que saltó la valla subrayó el hecho.

–¿Cómo está papá? –preguntó Jeff conteniendo la respiración.

El segundo infarto de su padre había asustado a toda la familia. No podía imaginar qué otra cosa podía haber llevado a su hermano al rancho a esas horas.

–Papá está bien. No es por eso por lo que he venido aquí a estas horas.

El caballo empezó a moverse y Jeff tiró de las riendas.

–¿Y a qué has venido a estas horas de la noche?

–Tenía miedo de no encontrarte durante el día. Si no recuerdo mal, solías pasar muchas noches cabalgando. Un desperdicio de tus tardes, si me permites decírtelo –dijo Noah sonriéndole.

Jeff se acercó a caballo.

–¿Un caballo nuevo?

–Sí. Sus dos dueños anteriores no lograron domarlo. Creo que va a ser magnífico.

–Puede que tengas razón. Tiene pinta de buen corredor.

–Lo es –Jeff se echó el sombrero Stetson hacia atrás–. Siempre me ha sorprendido el buen ojo que tienes para los caballos y lo poco que te gusta el campo.

–Es fácil de explicar: me gusta ganar en las carreras. Y la única forma de conseguirlo…

–Es conocer a los caballos –concluyó Jeff–. Deja que lo lleve al establo y luego me cuentas lo que sea que te ha traído aquí. Sé que debe de ser importante porque, de lo contrario, no habrías venido en el coche a estas horas de la noche.

–Tienes toda la razón. Preferiría estar en casa con mi mujer y mi hijo a estar aquí contigo y con ese caballo tozudo.

Jeff comenzó a cabalgar hacia la puerta de la valla.

–Acompáñame al establo para hablar.

Dentro de las caballerizas, mientras Jeff le quitaba la montura al caballo, Noah se sentó en unas pacas de paja.

–Creen que papá podrá salir del hospital y volver a casa a principios de la semana que viene, pero el doctor Gracy insiste en que se jubile. Papá no deja de preocuparse por el negocio, ya le conoces.

–Va a ser terrible para él, su vida es su trabajo –Jeff fue a por un cubo de agua para el caballo y volvió al momento–. Papá no tiene otras aficiones, no hay ninguna otra cosa que le interese.

–Es difícil imaginar lo que ha pasado. Knox Brand y Brand Enterprises son sinónimo, y es por eso por lo que estoy aquí. Papá sólo va a quedarse como presidente, pero ahora llevamos la gama de cuero Cabrera y dos empresas más. Necesito ayuda, tu ayuda.

–No, ni hablar –dijo Jeff mirando a su hermano. Al instante, notó su preocupación y el corazón se le encogió.

–Maldita sea, Noah, sabes que no soporto la vida de ejecutivo.

–Sólo por un año. Ayúdame a encontrar a alguien apto para el puesto. No puedo meter a alguien sin experiencia. Tú conoces muy bien el negocio, a pesar de que lo dejaste para dedicarte a esto. Eres miembro de la junta directiva, así que sigues informado. Me conoces y no tendrás problemas en saber lo que quiero y lo que no quiero. Además conoces todos los asuntos financieros y sabes negociar y cerrar tratos.

–No –respondió Jeff, cepillando a su caballo con largos pases.

Aunque le costaba rechazar ayudar a su hermano, trabajar en la oficina principal de la corporación le quitaría la vida.

–Tu principal problema siempre fue papá, pero ahora no estará.

–Noah, eres igual que él.

–No, no lo soy. ¿He intentado alguna vez dirigir tu vida? Serías perfecto para la gama Cabrera. Es sólo por un año, Jeff –cuando quería algo, Noah era igual que su padre–. Le tengo echado el ojo a uno para que ocupe el puesto llegado el momento, pero aún no está preparado.

–Un año es demasiado tiempo –dijo Jeff con paciencia.

–Está bien –dijo Noah, levantándose de la paca de paja hasta acercarse a Jeff–. Haré lo que pueda por acelerar el proceso. Le pediré a mi secretaria que te ayude, ella conoce la empresa tan bien como yo.

–No voy a cambiar de idea –replicó Jeff.

–Te necesito, Jeff. Pídeme lo que quieras a cambio.

Jeff dejó de cepillar al caballo y se volvió para mirar fijamente a su hermano. Había visto a Noah con problemas, pero nunca le había visto así.

Masajeándose la nuca, Jeff trató de pensar en qué podía hacerle el trabajo soportable.

–Está bien, Noah, te diré cuáles son mis condiciones… más un millón por adelantado simplemente por acceder a trabajar en esto, más comisiones si mi departamento aumenta el número de ventas y también por cada adquisición que haga. Ah, y un salario como el tuyo. Quiero trabajar desde aquí parte del tiempo. Y quiero que me ayude tu secretaria.

–No pides mucho, ¿verdad? –le espetó Noah, hablando como lo habría hecho su padre mientras su rostro enrojecía.

Jeff comenzó de nuevo a cepillar al caballo.

–O lo tomas o lo dejas. Eres tú quien ha venido aquí para pedirme ayuda.

–También podría darte la empresa y ya está –se quejó Noah–. Lo que pides es mucho. Ni siquiera sabes lo que yo gano.

–Sé que ganas mucho –Jeff continuó ocupándose del caballo.

Si Noah aceptaba sus condiciones, él podría soportar un año trabajando en la empresa.

–Eres un negociante muy duro, Jeff.

–Por eso quieres que sea tu mano derecha.

–Me molesta que tengas razón, pero la tienes. Sabes lo que quieres y lo consigues. Está bien. Te prestaré a mi secretaria y podrás trabajar desde tu maldito rancho, pero tendrás que hacerlo un día a la semana en la oficina. Lo arreglaremos para que puedas llevar Cabrera y otras gamas desde allí.

–Te sugiero que no menciones los términos del acuerdo a papá. No quiero que le dé otro infarto.

–Eres muy duro. Creía que os llevabais mejor últimamente. En fin, me alegro de poder contar contigo, ahora podré dormir tranquilo. Sigo sin comprender por qué te marchaste, porque tienes buena cabeza para los negocios.

–Prefiero a los caballos –dijo Jeff sonriendo.

Noah sacudió la cabeza.

–De todos modos, no olvides que habrá veces que no puedas trabajar desde aquí, aunque podrás hacerlo la mayor parte del tiempo. En ocasiones tendrás que asistir a videoconferencias.

–No comprendo por qué piensas que soy imprescindible.

Al pensar en lo que había pedido y en lo mucho que iba a incrementar su fortuna, sintió dudas. El temor y la aprensión se enfrentaban al entusiasmo de recibir semejante compensación económica; sobre todo, teniendo en cuenta las rentas del rancho y el dinero que había heredado. Pero tendría que trabajar un año.

–Será mejor que me necesites tanto como dices. Si descubro que no es así, me marcharé de inmediato, Noah.

–Lo comprobarás por ti mismo –dijo Noah–. ¿Podrías empezar el lunes? Sería bueno que la primera

semana trabajaras en la oficina. También podrías re-
llenar y cursar los papeles de tu contrato.

Jeff se preguntó cómo sería el trabajo.

–Trato hecho –dijo Jeff mientras se preguntaba en
qué se estaba metiendo y hasta qué punto le cambiaría la vida.

Capítulo Uno

Una hora antes de que la oficina abriera oficialmente, Holly Lombard entró sonriente en la oficina de Noah Brand. Le había pedido que fuera a verle e iba con un montón de papeles ya que suponía que iba a hacerle preguntas respecto a la nueva gama que estaban introduciendo. La espesa alfombra oriental absorbió el ruido de sus pasos.

–Buenos días, Holly –le dijo Noah sentado detrás de su escritorio–. Por favor, siéntate. Quiero hablar contigo antes de que lleguen los demás.

–Felicidades –dijo ella tomando asiento en una silla del mejor cuero de Brand Enterprises–. He leído el mensaje electrónico que me has enviado y en el que decías que querías verme.

–Gracias. Jeff empieza hoy –dijo Noah mirándola desde el otro lado del escritorio de caoba–, por eso quería hablar contigo. Tengo que hacerte una propuesta.

Sorprendida, Holly dejó los papeles en una mesa auxiliar que tenía al lado y esperó.

–Le he hecho una oferta a Jeff y la ha aceptado, pero es preciso que tú cambies de trabajo.

Holly sintió cierta preocupación, pero la rechazó inmediatamente.

–Me ha tomado por sorpresa –dijo ella.

–Lo sé, pero me ha costado mucho convencer a Jeff. Mi hermano es excelente, Holly.

Holly se reservó su opinión. Por lo que Noah le había comentado a lo largo de los años, sabía que él tenía un hermano gemelo que había dejado la empresa hacía mucho para hacerse ranchero en el oeste de Texas. No imaginaba cómo el hermano de Noah iba a poder arreglárselas con el negocio.

–Quiero que trabajes con Jeff; a cambio, te ascenderé. De ser mi secretaria personal pasarás a ser directora ejecutiva de marketing de la zona oeste y te subiré el sueldo en un veinte por ciento. Es un gran aliciente, Holly. Y eres joven.

–¿Tengo alternativa? –preguntó ella, disgustada por la idea de trabajar con Jeff Brand.

–Por supuesto. No voy a despedirte si no aceptas. Será sólo por un año. Se te subirá el salario, se te ascenderá y se te dará más responsabilidad. Es un buen paso adelante en tu carrera profesional.

–¿Pero trabajaré con tu hermano en vez de contigo? –repitió ella, pensando que sería el fin de su carrera. Iba a dejar de trabajar para el director de las empresas y a hacerlo para un vaquero.

–Eso es. Y le he dicho que podrá trabajar desde el rancho a excepción de un día a la semana, que vendrá aquí.

–¡Oh, no! –gritó ella poniéndose en pie–. No voy a vivir en un rancho en el fin del mundo con alguien que no tiene casi ninguna experiencia en los negocios. Lo siento, pero no voy a hacerlo. Lo siento, pero la propuesta es absurda, acabaría con mi carrera profesional.

Dolida y furiosa con Noah por haberle hecho semejante petición, añadió:

–¿Quieres que empiece a buscarme otro trabajo?

–Cálmate y siéntate, por favor. Puede que Jeff esté algo oxidado y necesite que le pongan al día, pero te sorprenderá, ya lo verás. Se te dará un coche de la empresa y todos los gastos pagados. Escucha, quiero a Jeff aquí y tú eres la persona perfecta para trabajar con él. Será como que le ayude yo, cosa que no puedo hacer por lo de mi padre.

Noah se frotó la nuca y Holly sabía que estaba pensando en algún incentivo importante. Era una forma terrible de agradecerle su esfuerzo y su trabajo por la empresa.

–Se mire como se mire esto es un paso atrás. Me pones al lado de un vaquero sin experiencia. Además, odio los caballos, el campo y todo eso.

Noah le lanzó una punzante mirada y ella se preguntó si no se había excedido, pero ya no le importaba.

–Espera un momento, Holly.

Noah se puso a hacer unas anotaciones en un papel mientras ella permanecía allí sentada conteniendo las ganas de gritarle. Aquello era una injusticia y un desperdicio de su talento. Le habría gustado que Knox Brand estuviera allí, al mando de la empresa.

Noah se levantó y rodeó el escritorio.

–Éste es el trato: además del aumento de salario y el ascenso, te pagaré una bonificación al empezar y otra bonificación cuando acabes, ciento veinticinco mil dólares al empezar y la misma cantidad al acabar.

Holly volvió la cabeza hacia la ventana, consciente de que la oferta era demasiado lucrativa para rechazarla. Su mente conjuró imágenes de cactus, polvo y sequedad, todo ello parte de la zona oeste de Texas.

–No pareces impresionada con mi oferta, Holly

–comentó Noah irónicamente–. Está bien, doscientos cincuenta mil dólares al empezar y lo mismo cuando termines.

Atónita, Holly se lo quedó mirando.

–Eso es medio millón de dólares en bonificaciones por hacer lo que me pides. Debes de estar desesperado por que haga esto.

–Sí, lo estoy. Ya te lo he dicho, mi hermano es un gran negociante y un mago de las finanzas, no logró toda su fortuna con la ganadería. Sé que puedo contar con él y se le conoce bien. Vosotros dos formaríais un equipo extraordinario y yo no tendría que preocuparme por nada de lo que vosotros os encargarais.

–Me halagas –comentó ella burlonamente–. Por ese dinero y el ascenso, soy capaz de aguantar bastante, Noah; trabajaría hasta con un gorila en el zoo.

Holly sonrió.

–¿Aceptas entonces? Normalmente, las mujeres se llevan bien con Jeff, pero sé que la situación en este caso es diferente –Noah le sonrió–. Ya verás, no te pesará.

–Creo que no dejará de pesarme, pero pensaré en lo que voy a ganar. Y sólo un año.

–Ya he pensado en quién va a reemplazar a Jeff, por lo que puede que no llegue al año, aunque casi. Recibirás tu primer pago y asumirás tu nuevo puesto de trabajo hoy. Quiero que empieces ya. Jeff también vendrá hoy. Tómate esta semana para acabar con lo que estés haciendo, si puedes. Tomaré a alguien para que ocupe el puesto de secretaria mía. Agradeceré tus sugerencias. Ya le he dicho a Jeff que se encargue de la gama Cabrera.

Holly pensó en la gama más importante de botas y sillas de montar que iban a introducir en el mercado.

–Por esa gama han luchado tres generaciones de la familia Brand y ahora tú la vas a dejar en manos de tu hermano, un hombre sin experiencia –declaró ella, pensando que Noah había perdido la razón.

–Deja de mirarme como si tuviera dos cabezas –dijo Noah, recordándole una vez más su sagacidad.

–Muy bien, de acuerdo –respondió ella ruborizándose–. ¿A qué hora va a venir tu hermano?

–Supongo que pronto. Los de recepción le enviarán aquí arriba directamente. Holly, gracias por aceptar la oferta. Confía en Jeff, no te arrepentirás.

–Lo intentaré –dijo ella secamente, consciente de que iba a tener que pensar a diario en las compensaciones económicas–. He traído unos papeles para revisar contigo, pero lo haremos más tarde. Ahora me da vueltas la cabeza, mi vida entera ha cambiado.

–Bien, luego lo haremos –dijo Noah.

Agarrando los papeles, Holly salió a toda prisa de la oficina y se refugió en su escritorio. Se aferró a la idea del dinero que iba a recibir y al ascenso.

También recordó la foto que había visto de Noah con su hermano, de traviesa sonrisa y, en la foto, más alto que Noah.

Cuando Jeff entró en las oficinas principales de Brand Enterprises se estremeció. Recordó lo atrapado que se había sentido cuando trabajaba allí a los veintitantos años. Su padre había sido una presencia autoritaria y continua que trataba de controlar hasta la más mínima decisión.

Las botas de Jeff repicaron en el pulido suelo de mármol de la entrada del edificio. Se detuvo delante de un guarda de seguridad para decirle su nombre. Le dieron una tarjeta de identidad para llevarla puesta y le hicieron entrar en un pequeño despacho. Pensó en el pago que iban a ingresarle en su cuenta bancaria ese día y se animó ligeramente. Un año y luego volvería a hacer lo que quisiera. Pensó en los caballos que iba a poder criar.

El vestíbulo era elegante y caro: cristal, mármol, cuero y plantas. Un atrio permitía que la luz inundara un espacio diseñado para impresionar a quien entrara: empleados, competidores y clientes. Su padre y su abuelo habían contratado a los diseñadores; antes de su abuelo, las oficinas de Brand Enterprises habían sido sencillas. Tomó el ascensor hasta el último piso para reunirse con su hermano.

Después de recorrer un pasillo y dar la vuelta a un recodo, una mujer que iba en dirección opuesta se chocó con él y se le cayeron los papeles que llevaba en la mano. Él la sujetó para que no cayera también.

–Perdone –se disculpó Jeff.

–Lo siento –dijo ella–. Iba distraída, debería…

Unos ojos verdes se clavaron en él haciéndole contener la respiración. El perfume de la mujer era tan excitante como ella. Llevaba el cabello castaño recogido en una coleta. El traje azul marino y la camisa de seda le sentaban a la perfección.

Sumergido en las profundidades de esos ojos grandes, Jeff se dio cuenta de que se la estaba mirando fijamente y se preguntó también cuánto tiempo más le miraría ella con tal intensidad. Como si acabara de darse cuenta de lo que estaba haciendo, la mujer parpadeó. Su piel era perfecta y tenía nariz recta y labios llenos encarnados, labios para besar. Su rostro era hermoso. Ella volvió a parpadear como si acabara de salir de un trance y se fijó en su sombrero, adoptando una expresión de censura. Bajó la mirada y la clavó en las botas de piel de cocodrilo que acompañaban al traje negro. Detectó el desagrado de ella y se preguntó quién sería.

La mujer se agachó para recoger los papeles y él la imitó.

—Yo los recogeré —dijo Jeff agarrando los papeles para dárselos después.

—Usted es Jeff Brand, ¿no? —dijo ella como si acabara de ver una serpiente a sus pies.

—Sí, lo soy —respondió él, sorprendido por la reacción de ella—. Lo siento, pero no creo haber tenido el placer de… no la habría olvidado.

Jeff le ofreció la mano y ella sacudió los papeles, indicando con el gesto que no podía estrechar la mano que él le ofrecía, cosa que no era verdad.

—Yo soy Holly Lombard —dijo ella con sequedad.

Jeff supuso que su frialdad se debía a la desgana con que había aceptado su nuevo puesto de trabajo.

—Supongo que Noah te ha hablado de mí. Me alegro de conocerte, Holly —Jeff bajó la mano sin dejar de observarla mientras se preguntaba si ella había rechazado trabajar con él.

De lo que estaba seguro era de ser la causa de la gélida animosidad de ella.

—Nos veremos luego —y tras esas palabras se alejó.

Sacudiendo la cabeza, Jeff reanudó su camino.

En el despacho de su hermano, miró a su alrededor, fijándose en el escritorio de madera de cerezo tallada, la madera oscura que cubría las paredes y los elegantes óleos colgando de las paredes.

–Creo que has superado a papá en lo que a lujo en el despacho se refiere. Esto debería intimidar a los contrincantes; es decir, a los que logren llegar hasta aquí.

Noah se echó a reír.

–Es cómodo. Puedes tener uno igual aquí si quieres. Tenía miedo de que te echaras atrás y no aparecieses.

–Me conoces muy bien. No dejo de pensar en el dinero que va a entrar en mi cuenta bancaria hoy.

–Ya te lo he enviado. Está hecho.

–Gracias. Por cierto, acabo de tropezarme con Holly Lombard. Si las miradas matasen, estaría fulminado.

–¿Holly? –Noah pareció sorprendido momentáneamente; por fin, una sonrisa se dibujó en su rostro–. No cree que estés capacitado para el trabajo, pero pronto le darás toda la confianza que necesita. Piensa que no tienes la experiencia suficiente.

–Puede que sea más lista que tú. Estoy algo oxidado.

–No lo creo –respondió Noah burlonamente mientras agarraba unas carpetas y se las daba–. Quiero que veas esto, son los últimos informes sobre la empresa. Sé que los recibes por correo, pero estoy casi seguro de que nunca los lees.

–He leído algunos –dijo Jeff.

–Respecto a Holly, es mejor que sepas que está enfadada con los hombres en general porque su novio la dejó plantada y rompió el compromiso matrimonial. El trabajo es su vida y no le hace gracia tener que estar en tu casa trabajando. Así que tu famoso encanto no va a funcionar con ella.

–No es que cuestione tu capacidad de juicio, pero puede que no sea la persona adecuada para trabajar conmigo. ¿Se va a mostrar poco cooperativa?

–¿Holly? Es demasiado profesional para eso. Con

el trabajo siempre da todo lo que puede. Ya lo verás. Sólo quería explicarte por qué está algo disgustada.

Noah habló por el interfono y al cabo de unos minutos se oyeron unos golpes en la puerta.

–Entra, Holly. Creo que ya conoces a mi hermano, Jeff Brand. Jeff, aquí está tu nueva secretaria.

A Jeff se le aceleró el pulso mientras miraba a la castaña belleza con la que se había chocado hacía un rato. Se acercó a ella y volvió a ofrecerle la mano, seguro de que en presencia de Noah se vería obligada a estrechársela.

Y ella así lo hizo, aunque con mirada gélida. Sin embargo, en el momento en que entraron en contacto físico, él sintió un cosquilleo. Mientras clavaba los ojos en los verdes de ella, vio un brillo de sorpresa y se dio cuenta de que ella también había sentido las chispas. La vio respirar profundamente antes de retirar la mano, pero había química entre ambos y esa mujer era tan consciente de ello como él.

En ese momento, su nuevo trabajo pasó de ser aburrido a peligroso. No quería sentir atracción por alguien de la ciudad a quien no le gustaba el campo.

–Espero que podamos trabajar juntos –dijo Jeff con sinceridad.

Ella le dedicó una fría sonrisa.

–He oído hablar muy bien de ti.

–Espero no defraudarte –dijo Jeff, preguntándose qué habría hecho Noah para hacerla acceder a trabajar con él.

–Hoy por la mañana voy a llevar a Jeff al departamento de recursos humanos para que haga el papeleo, pero me he dejado la tarde libre a partir de las tres. ¿Podrías hacer tú lo mismo, Holly?

17

–Por supuesto.

–Reúnete con nosotros entonces, me gustaría hablar de lo que quiero que Jeff se encargue y empezar cuanto antes. Le he pedido que trabaje aquí esta semana con el fin de que se informe sobre el personal, los departamentos y las secciones. Tú irás a su rancho el próximo martes.

Jeff notó el rubor de las mejillas de Holly, debía considerar la situación como un infierno. Volvió a preguntarse si cooperaría con él, aunque suponía que sí; de lo contrario, Noah no la había colocado en esa posición.

Al cabo de unos minutos ella se marchó y él ofreció a su hermano Noah una ladeada sonrisa.

–¿Estás seguro de que va a trabajar conmigo en mi casa?

Noah sonrió.

–Holly es lista y la voy a pagar muy bien por esto. Va a ser fantástico, Jeff. Gracias.

–No olvides lo que acabas de decir cuando estemos en desacuerdo por algo.

Noah se echó a reír.

–Sé que va a ocurrir, pero también sé que siempre llegaremos a una solución.

Capítulo Dos

El martes por la mañana, el día del temido traslado, aún era de noche cuando Holly salió de su casa. Después de abandonar su hogar en el norte de Dallas y atravesar Fort Worth, se dio cuenta de que había mirado el reloj quince veces durante los últimos quince minutos.

Fue un largo y aburrido trayecto sin incidentes que la alejó de las luces de la ciudad y la civilización.

La semana anterior Jeff Brand no le había inspirado confianza. Se había mostrado receptivo y había cooperado, pero no había participado mucho en las conversaciones que habían mantenido él, Noah y ella; en realidad, la mayor parte del tiempo había parecido estar soñando despierto. Era evidente que ese ranchero no tenía ambiciones; de lo contrario, no habría dejado la empresa.

Holly apretó los dientes e imaginó una casa alargada con pollos correteando alrededor y una valla metálica rodeándola para evitar que se acercaran las vacas. Y a pesar del calor dentro del coche, se estremeció.

—Noah, te odio por lo que me has hecho —se dijo a sí misma en voz alta.

Conduciría cuatro horas al día de lunes a viernes de Dallas al rancho, y a la inversa, por un paisaje lleno de cactus y vallas de hilo metálico.

Cuando por fin cruzó dos altos postes de piedra, la luz del sol ascendía por el llano horizonte. Unas grandes puertas de hierro se abrieron al utilizar el control remoto que Jeff le había dado.

Recorrió un largo sendero hasta llegar a otra valla con más puertas de hierro y con sorpresa vio el cambio de paisaje: aspersores de agua regaban zonas de césped, había estanques y fuentes plateadas, y abundaban los robles. El rocío en las hojas y en la hierba reflejaba la luz. No tardó mucho en llegar al rancho propiamente dicho, y se dio cuenta de que había subestimado a Jeff Brand. Había suficientes edificaciones para formar un pequeño pueblo. La casa del rancho era una mansión de dos plantas que igualaba en lujo a la palaciega de Noah Brand.

La luz del sol bañaba los tejados y confería un tono rosado a las innumerables flores de los jardines que rodeaban las edificaciones. Se sacó un trozo de papel con direcciones, las siguió y detuvo el coche delante de lo que parecía una casa de rancho de madera y piedra alargada. Tras agarrar el bolso, la cartera y el ordenador portátil, se bajó del coche.

Su sorpresa aumentó mientras cruzaba un ancho porche acristalado con aire acondicionado que recorría el perímetro de la edificación. La puerta se abrió antes de darle tiempo a llamar al timbre y el pulso se le aceleró al encontrarse con esos ojos grises y esa sonrisa que hacía que le hacían temblar las piernas. El cuerpo le tembló y al instante, igual que le había ocurrido durante su último encuentro, se olvidó de su animadversión hacia él. Sentía la atracción por ese hombre hasta en los dedos de los pies.

—Buenos días —dijo Jeff Brand con una sonrisa. Su

camisa estilo vaquero, los vaqueros y las botas le recordaron una vez más por qué no le gustaba su nuevo trabajo–. Vaya, estás tan guapa como una mañana soleada. Vas a conseguir que este trabajo me resulte soportable.

–Gracias –respondió ella aún mirándole fijamente a los ojos, incapaz de romper el hechizo que la mantenía inmóvil.

La sonrisa de Jeff se agrandó.

–¿Qué tal el viaje?

–Tranquilo, sin incidentes y nada de tráfico –respondió Holly, sorprendida por la amabilidad con que había pronunciado esas palabras.

–Entra. ¿Quieres un café antes de que empecemos?

Jeff se echó a un lado para cederle el paso y cuando ella apartó la mirada se rompió el hechizo. La vergüenza la hizo enrojecer. Se había comportado como una adolescente al mirarla un chico por primera vez. ¿Dónde tenía la cabeza? ¿Y por qué le había dicho a Jeff que el viaje había sido tranquilo? Había sido horrible: demasiado largo, demasiado aburrido y solitario.

Se adentró en el vestíbulo preguntándose a qué clase de hechizo se había visto sometida.

–Ya veo que has traído la oficina contigo –dijo Jeff mirando la cartera y el ordenador portátil.

–Son unas cosas que pensé que deberíamos revisar.

–Primero vamos a tomar un café y a hablar de lo que vamos a hacer hoy. Si quieres comer algo también…

Holly decidió establecer las reglas de la relación desde el principio.

–Jeff, creo que deberíamos tratar el trabajo como

si estuviéramos en la oficina. De esa forma seremos más eficientes.

Jeff le sonrió y los ojos, llenos de humor, le brillaron, lo que la irritó aún más.

–Como quieras, Holly. A propósito, ¿cómo es que te pusieron ese nombre? Ya no es frecuente.

–Mi cumpleaños es en diciembre y mi madre se ilusionó demasiado con eso de que iba a tener una niña en Navidades –contestó ella, e intentó volver a adoptar una actitud seria y profesional–. Necesitaré algo de tiempo hoy por la mañana para instalarme.

–No te preocupes por eso, llamaré a alguien para que se encargue de traer tus cosas.

–Supongo que será lo más rápido –dijo ella–. ¿Dónde está mi despacho?

–Al lado del mío. Puedes decorarlo a tu gusto. Noah se ha encargado del transporte de algunos de tus muebles con el fin de que tengas lo básico aquí.

–No necesito nada especial. Aquí no van a venir a vernos los clientes.

Sonriendo traviesamente, Jeff la miró.

–Todo esto te ha hecho tan poca gracia como a mí, ¿verdad? Mi hermano es un experto presionando, igual que nuestro padre.

–Supongo que a mí me ha hecho mucha menos gracia que a ti –respondió ella secamente.

¿Cómo podía bromear? Ella no le veía la gracia a la situación. Y le molestaba aún más encontrar a Jeff Brand tan atractivo.

–Ya veo que estás listo para trabajar en el rancho –comentó Holly mirando el atuendo de Jeff.

–Aquí no es necesario vestir formalmente. Es más, tú también puedes vestirte como quieras. Estaremos solos, además de las dos secretarias que van a venir mañana. Dejemos las formalidades para otras ocasiones.

—Me siento más profesional cuando llevo ropa apropiada para el trabajo —dijo ella con su voz más fría, sin comprender por qué estaban hablando de la ropa.

—No seas demasiado dura con las secretarias si deciden vestirse de forma informal.

—Por mí pueden ir vestidas con sacos de patatas si trabajan bien.

—Me alegra oírte decir eso. Éste es mi despacho —dijo Jeff indicando una puerta abierta.

Al dirigir la mirada al interior de la estancia, vio una habitación amplia con puertas de cristal correderas que daban a un patio; en ella había plantas, elegante mobiliario y tejidos coloridos. El lugar parecía salido de las páginas de una revista de decoración.

—No vives mal en este rancho, ¿verdad? —dijo ella acercándose al despacho que Jeff le había asignado.

Su despacho era una habitación soleada con un escritorio grande, procedente de las oficinas de la empresa; le habían llevado los archivadores de madera de cerezo y una mcsa de conferencias. También tenía un cuarto de baño privado.

—No me va a faltar espacio —declaró Holly—. Bueno, voy a empezar.

—Como quieras.

Ese hombre representaba todo lo que no le gustaba. Era lo contrario a ella. Le vio salir de la estancia mientras oía los tacones de las botas repiqueteando en la tarima del suelo. ¿Cómo iba a sobrevivir así un año entero?

Trabajó a destajo todo el día. Al colgar el teléfono

tras una llamada y levantar la cabeza, vio a Jeff apoyado en el marco de la puerta.

—Puedes quedarte a cenar si quieres. Yo voy a cenar en la casa; pero si tú lo prefieres, podría traerte la cena al despacho.

—No, gracias. Voy a volver a mi casa y es un largo trayecto –respondió ella mirándose el reloj–. Dios mío, no me había dado cuenta de que era tan tarde.

Eran las siete y media, se había quedado más de la cuenta.

—Estoy acostumbrada a trabajar hasta las siete de la tarde en Dallas –explicó Holly–. Aquí no puedo hacer eso y volver a casa en coche.

—No, no puedes. Podrías quedarte en el rancho durante los días laborales y volver los fines de semana, tengo espacio de sobra. Ni siquiera tendríamos que vernos. Te ahorraría el viaje, tiempo, gastos de gasolina y el desgaste del coche.

—Gracias, pero prefiero ir a Dallas –respondió ella.

—Como quieras –dijo Jeff–. Mañana llegarán las secretarias, me han dicho que se van a instalar en el pueblo. Ésa sería otra opción para ti. A ellas no les he invitado a quedarse en mi casa.

Holly sabía por qué, ya que las había visto hablando con Jeff en la oficina de Dallas y las dos habían coqueteado con él. Debía reconocer que Jeff, aunque había sido educado, no se había dado por enterado. Quizá la forma fría como ella se había comportado con él era lo que le había hecho sentirse lo suficientemente seguro para invitarla a quedarse en su casa.

***

Cuando llegó a su casa aquella noche, canceló la cita para cenar que tenía con su vecina, Alexa Gray, porque estaba demasiado cansada. Cenó, planificó el trabajo del día siguiente, trabajó una hora más, contestó a unos mensajes electrónicos, se fue a la cama y soñó con un alto y esbelto ranchero.

Las dos secretarias se trasladaron a un pueblo cerca del rancho y ella les envidió el trayecto de cuarenta y cinco minutos al trabajo; sin embargo, ella no soportaba la idea de vivir en un lugar con sólo unas cuantas casas, una oficina de correos, una tienda que tenía un poco de todo y una gasolinera. Y únicamente dos árboles en aquel paraje desolado.

Durante la semana intentó mantener con Jeff la misma relación fría y profesional que en Dallas, pero pronto se dio cuenta de que era la única de los cuatro que hacía eso. La personalidad relajada y natural de Jeff era contagiosa.

A Jeff no parecía importarle la altanería de ella. Todas las mañanas le ofrecía desayuno y ella lo rechazaba, a pesar de los olores que salían de la cocina y que no dejaban de tentarla. Sabía que las dos secretarias desayunaban cuando llegaban, pero Jeff se iba a su despacho y las dejaba solas desayunando.

Hubo momentos de una intensa tensión entre ambos: si se acercaban demasiado el uno al otro, si se rozaban las manos al ir a por un papel… Todo tipo de contacto físico por mínimo que fuera les afectaba; a él también, lo había visto en sus ojos.

El jueves por la tarde de su segunda semana en el rancho trabajó con Jeff escribiendo cartas a clientes hasta tarde. Por fin, Jeff se recostó en el respaldo de su asiento y la miró.

–Vamos a dejarlo ya. ¿Por qué no dejas que te invite a cenar y te quedas en mi casa? Hay un establecimiento que dan unas costillas maravillosas… y no tendrás que conducir. Las mejores costillas al oeste de Fort Worth. Además, parece ser que va a llover en Dallas.

Cada día le costaba más el maldito trayecto y Jeff se había mostrado muy profesional toda la semana, a excepción de alguna mirada de vez en cuando. Se debatió entre no tener que hacer el viaje y aceptar la invitación o rechazarla y no tener nada que ver con él socialmente.

–Si te va a costar tanto tiempo decidirte, será mejor que te quedes –dijo él con una sonrisa ladeada y una mirada que la hizo olvidar el trabajo y el viaje de vuelta a su casa.

–Trato hecho, pero no prometo ser buena compañía.

–No es necesario que lo seas –Jeff le dedicó una cálida sonrisa–. Vamos a la casa para que te arregles antes de cenar. Las secretarias se han marchado hace un par de horas, así que voy a cerrar aquí.

–¿Por qué te molestas en cerrar con cerrojo la oficina? Todos aquí son empleados tuyos y tienes vallas, perros y empleados por todas partes.

Jeff se encogió de hombros.

–Un obstáculo más por si alguien decide entrar. Es más seguro.

–Sí, cierto. Es sólo que, viniendo de ti, me sorprende tanta precaución.

Jeff sonrió traviesamente.

–No quiero ni pensar en la opinión que tienes de

mí –dijo él, y las mejillas de ella enrojecieron–. Vamos apaga el ordenador y esas cosas y reúnete conmigo en la puerta principal.

Y tras esas palabras Jeff se marchó.

Holly apagó el ordenador y corrió hacia la puerta, donde encontró a Jeff esperándola, observándola avanzar hacia él. El estómago le hormigueó bajo esa mirada, haciéndola desear haberse ido a su casa.

Tras conectar la alarma, Jeff cerró la puerta.

–¿Quieres ir andando? No está lejos y hace calor. Puedes dejar el coche aquí si prefieres ir caminando, no le pasará nada.

–Muy bien. Llevo todo el día sentada. Y tú también, claro.

–Vaya, por fin estamos de acuerdo en algo –bromeó él, y Holly sonrió.

–Es muy agradable andar un poco y hace una tarde preciosa –dijo ella.

Al tomar un camino de tierra serpenteante, una serpiente lo cruzó ocultándose en la zona de césped. Horrorizada, ella se agarró al brazo de Jeff.

–¡Jeff!

–Ya se ha ido. Además, no estoy armado, no podría matarla. Es una serpiente cascabel, tenemos muchas. Pero no te preocupes, nunca se acercan.

En su opinión, ese miserable lugar no era apto para la vida humana.

–¿Por qué te gusta estar aquí? –le preguntó ella, y Jeff sonrió.

–Me encanta el silencio, los espacios abiertos, la gente amistosa, la vida de ranchero. Me gustan los caballos y cabalgar. A propósito, ¿sabes montar a caballo?

–No –respondió ella rápidamente–. Me caí dc un

caballo cuando tenía nueve años y no he vuelto a montar desde entonces.

A pesar de ir a buen paso, el camino a la mansión de Jeff era largo y no pudo evitar buscar constantemente con los ojos señales de más serpientes.

—La semana que viene tráete un traje de baño para dejar aquí; si te quedas alguna noche, podríamos bañarnos en la piscina antes de cenar. Los baños son muy relajantes.

Holly no podía imaginar meterse en una piscina con él y mucho menos en una piscina con serpientes merodeando por los alrededores.

—Sí, bien —respondió ella, segura de que jamás haría semejante cosa.

Cuando cruzó el amplio patio delante de la casa principal, se dio cuenta de que ésta era aún más grande de lo que le había parecido en la distancia, desde la oficina.

—Esta casa es enorme —dijo ella mientras Jeff sostenía la puerta para dejarla pasar. Después, él entró y apagó el sistema de alarma.

Al cruzar el amplio vestíbulo pasó por una amplia cocina con un comedor adyacente y una mesa de madera de cerezo a la que podían sentarse fácilmente dieciséis personas.

—¿No te sientes un poco solo en una casa tan grande?

Jeff sacudió la cabeza.

—No. Hasta empezar este trabajo, mucha gente venía a quedarse en mi casa. Durante la época de caza, los amigos vienen constantemente. Ahora mismo estoy yo solo. La mayor parte del tiempo no utilizo toda la casa; nadie podría hacerlo, pero estoy acostumbrado. Mis empleados se ocupan del mantenimiento. Conocerás a algunos de ellos mañana por la mañana; por ejemplo, a Marc LeBeouf, mi cocinero.

Jeff la condujo por un pasillo con puertas abiertas.

—Mi habitación está al final del pasillo —dijo él. Antes de llegar a dicha habitación, Jeff señaló una, dos puertas antes—. ¿Te parece bien ésta?

Jeff se adentró en el dormitorio y ella le siguió. Era una estancia elegante con cuarto de baño y cuarto de estar adyacente.

—Preciosa, encantadora —respondió ella, y Jeff sonrió.

—¿Creías que vivía en una cabaña hecha con troncos de árbol? —pero no esperó a obtener respuesta—. Vendré a recogerte a tu habitación dentro de veinte minutos. ¿Necesitas algo?

—No. Estaré lista.

Holly cerró la puerta y se dirigió al espacioso cuarto de baño. Se fijó en la bañera hundida, en las plantas, en un mural y en el espejo que ocupaba toda una pared. Todas las habitaciones que había visto eran lujosas y bien diseñadas. La personalidad de Jeff Brand tenía muchas facetas y todas ellas sorprendentes.

Holly sacó su peine y se soltó el cabello; lo peinó con intención de dejárselo suelto, pero cambió de idea. Seguía queriendo mostrarse reservada con él porque la química entre ambos era volátil. Se recogió el cabello en una coleta, permitiéndose dejar sueltas unas hebras alrededor del rostro.

Alisándose los pantalones azul marino y la blusa de seda haciendo juego, se preguntó adónde irían y si ella sería la única que no llevaba vaqueros. Le daba igual, sólo quería que acabara la tarde y poder retirarse.

Cuando salió del dormitorio Jeff la estaba esperando en el pasillo tal y como había dicho. El pulso se le aceleró al verle con una camisa blanca limpia metida dentro de unos ajustados pantalones vaqueros que se ceñían a la estrecha cintura de él.

Llevaba un sombrero de ala ancha echado hacia atrás. Era un hombre sumamente viril y atractivo; y, sin embargo, representaba todo lo que ella detestaba. De nuevo se preguntó por qué no había rechazado la invitación y había vuelto a Dallas.

–Piensa en las costillas –dijo él con divertimento–. Tienes cara de ir al patíbulo.

–Lo siento, ha sido un día de mucho trabajo.

–Eso es verdad. Vamos a ver si logramos hacerte sonreír.

–Sentarme, relajarme y una buena cena serán suficientes.

–Estupendo.

Les llevó media hora llegar a una edificación de troncos de árbol con un tejado rojo. Dentro había unos músicos tocando y parejas ocupando una pista de baile. Mientras Jeff la conducía a una mesa, la gente constantemente le detuvo para saludarle. En la apartada mesa, Jeff se sentó frente a ella y, en cuestión de segundos, una camarera que le conocía dio una carta a cada uno.

Pidieron costillas y, tan pronto como se quedaron solos, Jeff se levantó y fue a tomarle la mano.

–Vamos a bailar.

–No se me da bien –dijo ella levantándose–. Si se me da muy mal, me sentaré y podrás bailar con alguna de esas mujeres que te han parado para saludarte.

–No se te dará mal, ya lo verás –dijo Jeff.

En unos minutos Holly se encontró divirtiéndose. Era un alivio hacer algo físico después de una agotadora semana sentada al escritorio o al volante del coche.

–Las costillas deben de estar enfriándose –dijo Jeff entre una canción y otra–. ¿Quieres comer?

–Sí, claro. El baile ha estado muy bien, ha servido para interrumpir la rutina de la semana.

Justo antes de que ella se sentara a la mesa, Jeff le agarró el brazo y la hizo volverse de cara a él.

–Podríamos mejorar la velada –dijo él, y ella le miró con curiosidad.

El pulso se le aceleró aún más cuando Jeff le colocó una mano en la cabeza y le abrió el pasador que le recogía el pelo, dejándolo caer sobre sus hombros.

–¡Jeff! –exclamó Holly enfadada y demasiado consciente de la proximidad de ese hombre.

–Así está mucho mejor. Bueno, vamos a cenar –Jeff se quitó el sombrero y, con el pasador dentro, lo dejó en el asiento.

Holly sacudió la cabeza. No le gustó que Jeff se hubiera hecho con el control de la situación, no quería llevar el pelo suelto delante de él. El pelo suelto añadía informalidad a su relación, y ya era suficiente con cenar y bailar con él.

Tratando de mantener las distancias, Holly comió en silencio. La carne era tierna y jugosa, muy buena, tal y como Jeff le había prometido. Y así se lo dijo.

–Soy un experto en costillas –contestó Jeff.

–Lo tendré en cuenta. Buen bailarín y experto en costillas.

–Vaya, gracias. Me alegro de contar con tu aprobación en algo.

–Cuentas con mi aprobación –dijo ella algo avergonzada.

Jeff le lanzó una mirada llena de duda.

–No te creo.

–No estamos en la oficina, esto es diferente. Yo tengo mis propias ideas sobre el trabajo, así que... ¿No crees que tu trabajo sería más efectivo si lo hicieras en las oficinas centrales?

–No lo sé –respondió Jeff tras meditar unos momentos–. Puede que sí y puede que no, pero no soporto el mundo de los negocios. Si Noah necesita mi ayuda, estoy dispuesto a dársela, pero a mi manera.

Holly estaba en completo desacuerdo con eso. Conseguirían muchas más cosas trabajando en Dallas. A ella le encantaba el bullicio de la empresa y la ciudad.

Guardaron silencio un rato y entonces Jeff le preguntó sobre su familia.

–Mi padre es banquero en Houston y mi madre es dermatóloga. Tengo dos hermanos: Chuck, abogado en Washington; Pierce, médico en Nueva York.

–Una familia impresionante. Por eso te importa tanto tu carrera profesional, ¿verdad?

Holly se encogió de hombros.

–Supongo que sí. Siempre se esperó de nosotros que estudiáramos y tuviéramos éxito en nuestras profesiones. Tu familia no es muy diferente a la mía, mira a tu padre y a tu hermano, y a ti mismo. Tú también tienes éxito en lo que haces.

–Tienes razón. Supongo que tú y yo nos parecemos en cierto modo.

–Quizás en nuestra dedicación –dijo ella con desdén, pensando que no se parecía en nada a Jeff Brand.

–¿Tus hermanos están casados?

–Sí, los dos están casados pero no tienen hijos –Holly bebió un sorbo de agua–. La cena estaba deliciosa.

–Un lugar en el que nos llevamos bien es la pista de baile. ¿Quieres bailar otra vez o prefieres quedarte sentada?

–Bailar. Ya te he dicho que me apetece moverme un poco –contestó ella, pensando que aquel tipo de baile de dos pasos era sencillo.

Hasta el momento no había habido variación, nada de baile lento y romántico, así que se sintió cómoda volviendo a la pista.

Desde la ruptura con su novio no había vuelto a salir con ningún hombre y se alegraba de que Jeff no le hubiera hecho preguntas respecto a su vida amorosa. No quería hablar de cosas tan íntimas; especialmente con él, debido a que era consciente de su mutua atracción. Físicamente, Jeff Brand era un hombre encantador, sensual y atractivo.

El problema era el resto.

Dejó de pensar y disfrutó el baile, sin importarle lo que él podía estar pensando.

Por fin, ella tiró de la mano de Jeff.

–Bueno, creo que ya está bien. Me gustaría volver al rancho.

Realizaron el trayecto al rancho en silencio. Después de apagar el sistema de alarma de la casa, Jeff se volvió hacia ella.

–¿Te apetece una copa? ¿Té, café, leche, vino…?

–Gracias, pero voy a retirarme. Como no tengo que viajar mañana, me levantaré temprano y empezaré a trabajar enseguida.

Jeff se metió la mano en el bolsillo y le ofreció el pasador de pelo.

–Toma, aunque me gusta tu pelo como lo llevas ahora, suelto.

Jeff dio un paso hacia delante y ella agarró el pasador.

–Gracias.

Al levantar la mirada, vio que el deseo había ensombrecido los ojos grises de Jeff.

–Jeff… –pronunció su nombre casi sin respiración y se quedó muy quieta. El corazón le latía con fuerza y temió tener fiebre. Clavó los ojos en la boca de él y luego en sus ojos. Le resultaba imposible respirar.

–¿Por qué no? –susurró Jeff e inclinándose hacia ella le cubrió la boca con la suya.

El corazón le golpeó las costillas. Un intenso calor la invadió. Se encendió su deseo y el beso ardió cuando Jeff, pegándose a ella, le rodeó la cintura con un brazo. La besó con más firmeza, introduciendo la lengua en su boca.

Holly dejó de besarle y él se apartó ligeramente.

–Jeff, no deberíamos –protestó Holly débilmente sin poder evitar mirarle la boca y desear sus besos.

–Sí deberíamos –murmuró Jeff volviendo a estrecharla contra sí para besarla.

Fue un beso apasionado, urgente y exigente. Sin poder contenerse, le rodeó el cuello con los brazos. Estaba reaccionando sin pensar. Estaba recibiendo lo que quería, le estaba dando lo que él exigía. No hubo contención ni vacilación.

Holly le besó con una pasión que la consumió. Jeff profundizó el beso, una unión que cambiaría su relación a partir de ese momento.

Por fin, después de lo que pareció una eternidad, Holly se dio cuenta de que se estaba entregando por completo en ese beso. Tomando y dándolo todo. Y la razón la hizo volver a la realidad, haciéndola separarse de él y dar unos pasos atrás.

Jeff jadeaba, igual que ella, y parecía atónito. Ella se sintió atrapada en algo que no había esperado que ocurriera jamás.

–No –susurró ella–. Esto no va a ir más allá. Nunca más.

Holly se dio media vuelta, subió las escaleras a toda prisa y se refugió en el dormitorio que él le había ofrecido. Cerró la puerta y se tocó la boca debatiéndose entre la furia y el horror.

No quería besos, aún estaba intentando superar el dolor de la ruptura con su novio. No quería lazos emocionales con ningún hombre y mucho menos con Jeff. No debía haberle besado ni cenado con él ni haber bailado. ¿Cómo podía haber caído en semejante trampa?

Al día siguiente volvería a Dallas después de la jornada laboral. Podría conseguir otro trabajo…

Entró en el cuarto de baño y se metió en la ducha con intención de que el agua se llevara los recuerdos de aquella tarde. Recuerdos que ya la atormentaban.

¿Cómo iba a poder olvidar esos besos? ¿Por qué le habían resultado tan espectaculares?

Dejó que el agua le resbalara por el cuerpo. Le deseaba físicamente, eso era lo que la enfurecía. Le había gustado besarle demasiado.

Lanzó un gruñido y apretó los puños. Volvería a Dallas y el lunes por la mañana presentaría su dimisión y le diría a Noah que le devolvería el dinero.

Después de que su novio la dejara y la echara de la casa que compartían, no quería tener una relación. No iba a trabajar con Jeff Brand y Noah tendría que aceptarlo.

Capítulo Tres

Jeff fue a la cocina a por un vaso de leche. Pensó en Holly y en el beso que le había hecho arder de pasión. La frialdad de ella era sólo una máscara.

La deseaba, pero el deseo era un arma de doble filo. La deseaba y al mismo tiempo no quería desearla. Era la última mujer en el mundo con quien quería tener una relación. Y sabía que a ella le pasaba lo mismo. Desde el primer día Holly le había dejado muy claro que no era la clase de hombre que le gustaba. ¿Cómo había sido el novio de ella?

La había besado impulsivamente y no debería haberlo hecho, no había favorecido a ninguno de los dos y sospechaba que, de ahora en adelante, Holly se mostraría más fría que nunca. No volvería a invitarla a cenar ni a bailar.

El enfado de ella había sido casi tangible, aunque él no comprendía por qué un inofensivo beso podía haberla irritado tanto…

Pero el beso no había sido inofensivo y estaba seguro de que iba a tener problemas para dormirse esa noche. Físicamente, quería más; lógicamente, sabía que debía mantener las distancias con ella y no volver a dejarse llevar por los impulsos.

–Maldita sea –murmuró mientras se bebía la leche.

Jeff apagó las luces, salió de la casa, entró en la cabaña donde estaban los vestuarios, se puso el bañador rápidamente, se tiró a la piscina e hizo unos cuantos largos para refrescarse.

Por fin fue a su dormitorio y se acostó.

Casi había amanecido cuando se durmió, acosado por sueños eróticos con Holly.

Cuando entró en la cocina al día siguiente, viernes, el cocinero le dijo que Holly aún no había ido a desayunar.

Eran las ocho y media cuando Holly se presentó en la oficina y no le ofreció disculpas por llegar tarde. A parte de eso, se mostró absolutamente profesional y a él le pareció bien, no quería una aventura amorosa con una chica de ciudad.

Holly se mostró fríamente cortés durante todo el día. A las cinco de la tarde se despidió. Desde la ventana, él la vio alejarse en el coche y volvió a arrepentirse de haberla besado.

—¿Qué demonios pasó con vosotros dos la semana pasada? —le preguntó Noah el lunes por la mañana nada más verle.

—No te exaltes. Salimos a cenar, eso es todo.

—Holly estaba dispuesta a presentar su dimisión. Pero no he conseguido sacarle nada.

—¿No ha dimitido?

—No. La he convencido de que se quede —respondió Noah con el ceño fruncido.

—No pasó nada. Pero sabes, desde el principio, que a ella no le gusta ni el rancho, ni yo ni viajar desde aquí al rancho y viceversa.

Noah se lo quedó mirando, él le aguantó la mirada. Por fin, Noah sacudió la cabeza y agarró una carpeta.

–Puede que sea lo de viajar y no estar aquí, en la oficina. Quizá se sienta marginada.

–Puede ser –dijo Jeff–. Por cierto, papá me ha llamado para invitarme a cenar esta noche, cosa que me ha extrañado mucho. A lo mejor quiere hacer las paces. ¿Os ha invitado a ti y a tu familia también?

–No, sólo a ti –dijo Noah agarrando unos papeles y señalándole una mesa–. Vamos ahí, quiero que veas esto.

Noah se quitó la chaqueta del traje gris y la colgó en el respaldo de una silla. Jeff se había quitado la chaqueta nada más llegar a la oficina y deseó poder quitarse la corbata.

–¿Qué tal vas con la gama Cabrera? –preguntó Noah–. ¿Te gusta nuestra campaña publicitaria de lanzamiento de las botas al mercado?

–Sí. Y las secretarias ya han hecho una cita para que Holly y yo vayamos a almorzar con Emilio Cabrera.

–Buena idea, parece que a Cabrera le gusta Holly. Y ahora, pasando a las tiendas Markley, la cadena que te he dado para que la lleves tú…

Continuaron hablando y Jeff se olvidó de Holly. La vio poco aquel día. En una ocasión, al salir de su despacho, la vio en el pasillo hablando con alguien. Holly llevaba un traje de chaqueta verde bastante convencional.

Se preguntó qué pasaría durante aquella semana. Si el beso casi la había hecho dejar el trabajo, significaba que le había afectado. La idea le pareció interesante.

***

A las ocho de la noche Jeff estaba sentado en el estudio de su padre. La cena había sido relativamente agradable, pero sospechaba que se le venía encima algo que no iba a gustarle.

Knox, de pie, jugueteaba con una pipa en la mano sin encender. Había dejado de fumar y le estaba costando un gran esfuerzo.

–Jeff, te voy a hacer la misma oferta que te hice en el pasado. Quiero ver a mis dos hijos casados, así que el regalo de un millón de dólares si te casas sigue en pie. Tienes que seguir casado durante un año por lo menos, aunque espero que el matrimonio dure más.

Jeff apretó la mandíbula y respiró profundamente con el fin de no perder la paciencia. De no ser porque acababan de operar a su padre del corazón, se levantaría y se marcharía de allí.

–Lo tendré en cuenta, papá. Sin embargo, en estos momentos no existe ninguna candidata.

–Puede ser –dijo Knox con energía–. Sabía que no te mostrarías entusiasmado, por eso he añadido un incentivo que sé que te interesará.

Jeff sabía que aquello no iba a gustarle.

–Si te casas en los próximos seis meses, además del dinero te daré el rancho de la familia. A Noah le compensaré con dinero o un mayor número de acciones de la empresa, a él no le interesa el rancho en absoluto.

Perplejo, Jeff se quedó mirando a su padre. El rancho de la familia.

–¿Y si no me caso en los próximos seis meses? –preguntó Jeff dándose cuenta de que su padre estaba dispuesto a salirse con la suya.

–Le venderé el rancho a Paul Watterman, que lo quiere y pagará un buen precio por el rancho. Ni a tu madre ni a Noah les interesa.

–¡Maldita sea, papá! –exclamó Jeff apretando los puños–. Ese rancho lleva generaciones en nuestra familia, ¿por qué venderlo?

–No me gustan los chantajes, pero quiero que sientes la cabeza. Ya te he explicado mis motivos.

–Lo pensaré –dijo Jeff, consciente de que tenía que marcharse antes de decir algo de lo que pudiera arrepentirse, y se puso en pie–. Será mejor que me vaya, el camino a mi rancho es largo. Te agradezco la cena y consideraré tu oferta. Cuídate.

–Yo también he disfrutado la cena, Jeff. Ahora que vienes a la ciudad con frecuencia, espero que nos veamos más. La próxima vez que nos reunamos será también con tu madre. Le ha disgustado mucho no poder estar aquí esta noche, pero había quedado con sus amigas desde hacía meses para ir a Houston de compras.

–La próxima vez os invitaré a ti y a mamá a cenar fuera.

Jeff salió de la casa y se subió al coche apresuradamente, su padre aún estaba débil para acompañarle a la puerta. El rancho de la familia era el cebo que le había puesto su padre, consciente de que él lo quería.

Durante el trayecto a su casa, no dejó de pensar en la oferta de su padre. Se sintió tentado de agarrar a la primera mujer con la que se divirtiera, proponerle el matrimonio temporalmente y quedarse con el rancho.

Había llegado a su propiedad cuando sonó su teléfono móvil. Era su tío.

—Jeff, ¿estás en casa? —dijo Shelby.

—Casi.

—¿Qué tal la semana?

—Soportable —respondió Jeff—. Voy los lunes a la oficina, el resto de la semana trabajo desde el rancho.

—Me parece una locura que hayas aceptado el trabajo.

—Espero soportarlo un año —dijo Jeff en tono ligero, relajándose porque se llevaba bien con su tío.

—Sé lo que Knox te ha ofrecido esta noche. Me lo había dicho, supongo que para enfadarme. Mi hermano siempre ha sido un manipulador. Te he llamado porque quería saber si estás pensando en ceder a lo que él quiere.

—No. Por mucho que quiera el rancho, me pasa lo que a mi padre, no he cambiado. No voy a permitir que dirija mi vida.

Shelby lanzó una carcajada.

—Me alegra oírtelo decir. Jeff, tú puedes comprarte un rancho más grande que el de la familia, así que olvídalo y no pienses más en ello. No me sorprende que a mi hermano le haya dado un infarto, siempre tratando de controlar su vida, la de Noah y la tuya. Y ahora, además, va a tener al hijo de Noah también para controlarle.

—Tienes razón —dijo Jeff. Su padre y su tío se habían pasado la vida discutiendo—. Por suerte, Noah y yo nos llevamos mejor que tú y papá.

—Me alegro. Mi autoritario hermano siempre se sale con la suya.

—Lo sé.

—No dejes que te controle. Trabaja un mes, tóma-

41

te una semana de vacaciones y ven a verme a Monte Carlo. Saldremos todas las noches y te relajarás.

–Gracias, tío Shel –Jeff sonrió–. Tendré en cuenta tu invitación. Entretanto, si vienes a Texas, podríamos vernos alguno de los días que voy a Dallas.

–Bien. Bueno, te voy a dejar, ya hablaremos puesto que tengo que ir pronto a Dallas. Hasta entonces, no pierdas la calma y sé más listo que tu hermano.

Jeff se echó a reír.

–Gracias por llamarme.

Tras cortar la comunicación, Jeff sintió una proximidad y un cariño hacia su tío que jamás había sentido respecto a su padre. Aunque sabía que en parte se debía a la personalidad de Shelby, también era consciente de que tenía algo que ver con la fricción entre su tío y su padre. Además, Shelby siempre se había puesto de su lado, mientras que Knox siempre apoyaba a Noah. Y pensó en lo mucho que se había apoyado en su tío de pequeño.

Tan pronto como salió del coche delante de su casa, Jeff corrió hacia los establos, donde guardaba alguna ropa vieja. Se cambió rápidamente, encendió las luces del corral más cercano, sacó a uno de los caballos más salvajes que tenía y en cuestión de minutos, encima del caballo, se olvidó de la empresa y de la oferta de su padre.

Una semana más tarde, un domingo de julio por la noche, Holly cenó con su vecina. Alta, delgada y de rizos castaños, Alexa era una agente inmobiliaria de éxito. Holly se entendía muy bien con ella porque las dos centraban sus vidas en el trabajo. Mientras cenaban en el tranquilo restaurante, escuchó a Alexa hablar de su empresa.

Sonriendo a su amiga, Holly bebió un sorbo de té verde.

—Estás ascendiendo en tu carrera profesional y, sin embargo, yo me siento como si me estuviera hundiendo.

—No digas tonterías. Sigue haciendo lo que haces y piensa en la recompensa del trato que has hecho con tu jefe —respondió Alexa.

Holly se miró el reloj.

—Será mejor que me retire ya, mañana tengo que hacer ese maldito trayecto otra vez.

—Si tan terrible es, por qué no pasas la semana en el rancho, como ya te he sugerido que hicieras. Tú misma me has contado que es una casa enorme, así que ni siquiera es necesario que le veas.

Holly agarró el bolso y pensó en la noche del último jueves.

—No sé, no sé. Desde luego, tendría sus ventajas. Lo haría si él se fuera de la casa.

Las dos sonrieron y dejaron de hablar de ello durante el trayecto a sus casas.

Cada vez le costaba más viajar al rancho a diario; sin embargo, vivir en la casa de Jeff le resultaba igualmente indeseable. Y el silencio en aquel lugar la hacía sentirse como si fueran las dos únicas personas en la tierra.

Ya en su casa, salió al patio sólo para escuchar los ruidos de la ciudad: en la distancia, el rumor del tráfico, un perro, ruidos a los que estaba acostumbrada.

No comprendía por qué a Jeff le gustaba tanto ese sitio. Pero… era a él a quien no comprendía.

***

El martes por la mañana Holly volvió a pensar en la conversación con Alexa. A pesar de que el tiempo era bueno y los días eran largos, seguía conduciendo en la oscuridad una larga distancia.

Al cruzar las puertas del cercado, oyó un ruido y, en cuestión de segundos, se dio cuenta de que se había pinchado una rueda del coche. Le dieron ganas de gritar, pero mantuvo la calma y llamó a Jeff para decirle que llegaría tarde al despacho. Él le contestó que iría enseguida a por ella.

Holly salió del coche preguntándose cuántas serpientes estarían escondidas en la hierba. Respiró profundamente y, con la linterna en la mano, iluminó el suelo a su alrededor rezando por no ver nada.

El viento era un suave susurro y el horizonte se veía ligeramente grisáceo hacia el este. Pronto aparecería el sol. Alzó la vista al cielo y vio lo que le parecieron millones de estrellas. Jamás había visto un firmamento así.

Segura de poder oír criaturas pequeñas y salvajes en la hierba, abrió apresuradamente el maletero del coche y sacó las herramientas para cambiar la rueda.

Al poco tiempo oyó el motor de un coche y a continuación vio los faros.

Jeff aparcó y salió de su camioneta negra dejando los faros encendidos. Llevaba pantalones vaqueros, camiseta de manga corta y botas… y el pulso de ella se aceleró instantáneamente al verle.

Holly no comprendía por qué reaccionaba así en presencia de él.

–Vaya, has empezado ha cambiar la rueda. No era necesario que lo hicieras –comentó Jeff.

–No he conseguido aflojar los tornillos.

–¿Has cambiado la rueda de un coche alguna vez? –le preguntó Jeff, comprobando la posición del gato.

–Sí, mis hermanos me enseñaron. No comprendo cómo se me ha pinchado la rueda, tanto el coche como los neumáticos son nuevos.

–Puede que el neumático no estuviera bien desde el principio. Vamos, hazte a un lado para que cambie la rueda.

Unas ondas negras de cabello le caían por la frente y, de nuevo, se preguntó por qué reaccionaba de esa manera con él teniendo en cuenta que no le ocurría lo mismo con su hermano. Eran idénticos, aunque ella no tenía dificultad para distinguirles. Además, había notado que Jeff tenía una pequeña cicatriz en la mandíbula.

Jeff sacó la rueda y se volvió para mirarla.

–¿No quieres?

–¿Que si no quiero qué?

–Trasladarte a mi casa. Hazlo esta semana y, si no te gusta, no pasa nada.

–¿Crees que no nos molestaríamos?

–No. Prueba.

–Supongo que valdría la pena probar.

–Bien. Bueno, la rueda ya está.

–Gracias.

–De nada. Me alegro de que te haya pasado aquí, en el rancho, en vez de en la autopista.

Jeff se puso en pie y se limpió las manos con un trapo, pero estaba cerca de ella y se la quedó mirando. De nuevo esa corriente eléctrica. Cautiva de esos ojos, volvió a recordar el beso.

Con gran esfuerzo, se dio media vuelta para meterse en el coche, casi sin respiración y enfadada.

—Te veré en la oficina.

Holly se alegró de tener mucho trabajo aquel día y de que no fuera necesario tratar con Jeff lo que estaba haciendo. Se vieron poco.

Alexa llegó a su casa aquella noche al mismo tiempo que Holly.

—Iba a llamarte esta noche —dijo Holly—. Voy a quedarme en el rancho el resto de la semana. Si me encuentro a gusto, de ahora en adelante pasaré allí los días laborables.

—¡Estupendo! Será mucho más fácil para ti.

—Bueno, ya veremos. El ranchero ha dicho que no nos molestaremos.

—Si es un rancho tan palaciego como has dicho, no creo que sea un problema —dijo Alexa.

—Noah también ha insistido en que me quede allí. Si Jeff fuera Noah, no me lo pensaría dos veces.

—De todos modos, trabajas allí. Yo echaré un ojo a tu casa. ¿Quieres que te riegue las plantas?

—No, gracias. Sólo pasaré allí cinco días a la semana.

—Es verdad —Alexa se pasó los dedos por sus castaños rizos.

—Bueno, hasta el fin de semana entonces —dijo Holly.

Ya en su casa hizo el equipaje y después pasó otra inquieta noche soñando con Jeff Brand.

***

El miércoles apenas vio a Jeff en la oficina, lo que le permitió concentrarse mejor en el trabajo hasta que oyó unos golpes en la puerta y, al levantar la cabeza, le vio.

–Por hoy ya he acabado el trabajo. Las secretarias se han ido hace dos horas.

–Dios mío, ¿qué hora es? –Holly miró el reloj y se sorprendió al ver que eran las siete y veinte–. Voy a tener que ir en coche hasta tu casa porque he traído algunas cosas. Si quieres, te puedo llevar.

–Bien. Acaba y vámonos ya.

En el momento en que salió de la oficina una ráfaga de calor la golpeó. A pesar de estar bajo la sombra de un árbol, el interior del coche parecía arder. Mientras ponía en marcha el motor y encendía el aire acondicionado Jeff se metió en el coche y retiró las carpetas del asiento para acomodarse.

–¿Llevas trabajo a casa? –preguntó él.

–Un poco –admitió Holly, consciente de que Jeff probablemente no lo hacía.

–Tú y Noah sois iguales: trabajo, trabajo y más trabajo. ¿Has traído traje de baño?

–No, se me ha olvidado –respondió ella.

–En ese caso, me daré un baño más tarde; pero cena conmigo. Prepararé un par de filetes a la plancha en un santiamén.

–No es necesario que…

–Ya lo sé –le interrumpió él–, pero los dos tenemos que comer.

–Está bien –contestó Holly, hambrienta al oír mencionar los filetes.

Jeff le subió la bolsa al piso superior.

–¿Prefieres ocupar la habitación del otro día u otra en el ala opuesta? Aunque te quedes en la habitación de la otra noche ni tú me vas a molestar a mí ni yo a ti.

–Bien.

Jeff dejó sus cosas en el mismo dormitorio que había ocupado.

–Baja cuando quieras. Voy a preparar algo de beber, ¿qué te apetece?

–Un té con hielo. Bajaré dentro de un cuarto de hora.

–No hay prisa –respondió Jeff y se marchó, pero su presencia había quedado en la habitación.

Holly volvió a preguntarse si no habría cometido un gran error al decidir quedarse allí.

Con los mismos pantalones y la misma blusa que había llevado en la oficina, Holly se reunió con él en el patio. Jeff, de espaldas a ella, se había puesto una camisa de punto y unos pantalones. El humo que salía de la barbacoa en la que estaban haciéndose los filetes olía deliciosamente bien.

Se oía el rumor de las fuentes en los estanques y maceteros con exóticas flores añadían festividad al ambiente. Era un lugar perfecto para relajarse; sin embargo, tenía los nervios a flor de piel debido a la presencia de él.

Jeff se volvió y la miró de arriba abajo. Una hermosa envoltura que cubría hielo puro. No, no era así, se contradijo a sí mismo. Había fuego bajo ese hielo. Qué desperdicio.

Jeff agarró un vaso color ámbar y se lo dio.

–Tu té, Holly.

De nuevo se volvió para ocuparse de los filetes y pensó en la oferta de su padre. Giró la cabeza una vez más para mirarla y se dio cuenta de que Holly podía ser el medio que le llevara tanto a vengarse de su padre como a conseguir el rancho de la familia. Un matrimonio de conveniencia con Holly.

Rechazó la idea inmediatamente; en esos momentos a Holly no le gustaban los hombres, no mantenía ninguna relación. Le dio la vuelta a los filetes y continuó argumentando consigo mismo. La mala opinión que Holly tenía de los hombres podía favorecerle, ella no querría un matrimonio duradero. Pero un matrimonio de conveniencia sería un negocio con contrato y no implicaría tener relaciones. Podía casarse con Holly, conseguir el rancho y luego divorciarse. ¿Podría convencerla?

Tras meditarlo un poco más, le pareció perfectamente factible y se acercó a ella.

—¿Te gusta esto?

—Es precioso. Es como un oasis en el desierto.

Se miraron y se sostuvieron la mirada. Una suave brisa revolvió unas hebras del cabello de ella y Jeff se sintió casi seguro de que podrían acordar un matrimonio de conveniencia.

Jeff clavó los ojos en los labios de ella y Holly respiró profundamente. Quería volver a besarla y, en ese momento, estaba claro que ella también lo deseaba.

—Jeff... —susurró Holly dando un paso atrás.

Jeff le puso la mano en la nuca.

—Sssss, Holly. Es sólo un beso...

Jeff se inclinó hacia delante y la besó. Holly tenía unos labios suaves, cálidos y lascivos; cerró los ojos y le puso una mano en los hombros.

Jeff deslizó la lengua en la boca de ella y Holly le devolvió la caricia. Mientras se besaban, él le quitó el vaso de té y lo dejó en la mesa, que estaba al lado.

La envolvió con sus brazos, estrechándola contra sí, su pasión encendida al sentir las suaves curvas de ella. Sí, bajo el hielo había fuego. Holly era una amante apasionada, pero también era una mujer que no se implicaría emocionalmente en un matrimonio. Para lo que él quería, era la mujer perfecta.

Capítulo Cuatro

El beso de Jeff erradicó las diferencias entre ambos y dejó la tentación a su paso. Sus opiniones sobre el rancho y trabajar en una oficina perdida dejaron de importar. Compartían una tórrida e intensa atracción que no tenía nada que ver con el resto de sus vidas. Sin embargo, ella sabía que no podía ser y débilmente luchó por conservar la razón. Ese camino les llevaría al desastre.

Por fin, Holly le detuvo y él la soltó. Como le había ocurrido anteriormente, se sintió mareada. El deseo era patente en los grises ojos de Jeff y ella quería volver a sus brazos.

—Jeff, es justo esto lo que me preocupaba. No quiero una aventura amorosa.

—Por supuesto —contestó él sonriendo antes de respirar profundamente y darse la vuelta.

«Muy elocuente», pensó Holly al verle volver a los filetes. Había cortado el contacto físico, pero no podía detener el intenso deseo que Jeff había despertado en ella. Se alejó tratando de calmarse y de recuperar la compostura.

Durante la cena y el resto de la velada, Jeff se mostró encantador, pero sin coquetear ni intentar tocarla. El tiempo pasó volando. Por fin, cuando se miró el reloj, vio que era la una de la madrugada.

–Nunca me quedo levantada hasta tan tarde los días de diario –dijo ella.

–Sobrevivirás. Y mañana empezaremos el trabajo más tarde.

–No, sigamos con nuestro horario. Bueno, voy a acostarme ya. Gracias por la cena y por la charla, lo he pasado muy bien, pero no es necesario que cocines para mí todas las noches.

–La mayor parte del tiempo Marc está aquí y él prepara la cena, yo no tengo que hacer nada.

Jeff había hecho lo que le había pedido y no había vuelto a insinuársele ni a besarla; pero ella no podía dejar de pensar en el beso mientras se retiraba a su habitación.

Jeff mostró el mismo comportamiento durante el resto de la semana y la semana siguiente: amistoso, educado y profesional. Lo que no disminuyó la atracción que sentía por él, sino todo lo contrario.

El jueves por la tarde temprano estaba agotada, tenía calor a pesar del aire acondicionado y decidió dejar de trabajar. Se asomó a la oficina de Jeff y vio que estaba hablando por teléfono y escribiendo simultáneamente.

Se retiró sigilosamente. Las secretarias se habían marchado hacía media hora aproximadamente.

Mientras iba a la casa en coche, se le ocurrió darse un baño en la piscina. Jeff aún estaba trabajando, por lo que ella podría nadar un rato sola y hacer ejercicio.

Estrenó traje de baño, azul y de algodón. Por encima se echó una prenda azul más larga de lo corriente.

Contenta de tener la piscina para ella sola, dejó sus cosas encima de una silla y se tiró al agua.

Después de unos cuantos largos se detuvo a descansar en el extremo que cubría.

–Te has escapado sin avisarme –dijo Jeff.

Holly se volvió y le vio aproximándose a la piscina. Al instante sintió un hormigueo en el estómago.

–Estabas trabajando y hablando por teléfono, no quería molestarte. Como hacía tanto calor, me apeteció bañarme un rato en la piscina.

–Buena idea –respondió Jeff antes de tirarse al agua y hacer un largo.

Con sorpresa, Holly notó que mientras nadaban Jeff mantuvo las distancias con ella. A pesar de tratarla de forma impersonal últimamente, era más consciente que nunca de esos anchos hombros, del musculoso pecho con su mata de vello negro y de su musculoso cuerpo.

–Bueno, voy a salir. Tú quédate todo el tiempo que quieras.

–También voy a salir –dijo ella–. El baño me ha refrescado mucho.

Por inocua que fuera la conversación, Holly no podía evitar ser sumamente consciente de que sus cuerpos estaban casi desnudos.

Cuando salió de la piscina, tenía el rostro enrojecido. Inmediatamente, se puso la prenda azul y se dirigió apresuradamente a su habitación para darse una ducha y vestirse, ya que habían quedado en salir fuera a cenar.

Se había comprado unos vaqueros para la ocasión y se los puso, una camisa sencilla y blanca de algodón completó el atuendo. Una concesión con el fin de no desentonar en el sitio donde iban a ir; sin embargo, botas camperas... nunca.

Con aspecto de perfecto ranchero, vaqueros, camisa estilo tejano y botas, Jeff estaba listo. El pulso se le aceleró nada más verle.

Durante el resto de la tarde Jeff se mostró animado como de costumbre, y ella empezó a preguntarse a qué se debía el cambio. Quizá hubiera tomado en serio sus palabras, aunque seguía habiendo esa expresión en su mirada... Sí, su mirada no había cambiado, continuaba siendo tan ardorosa y sensual como siempre.

Durante toda la velada, al igual que la primera vez que habían salido juntos, hubo mujeres que se acercaron para saludarle y que coquetearon con él. No había esperado que Jeff pasara tanto tiempo con ella, dado que lo único que les unía era el trabajo y estaba claro que había montones de mujeres deseosas de ser objeto de sus atenciones.

Cuando la música cambió y sonaron los acordes de un vals, Jeff la rodeó con los brazos, bailó con ella siguiendo el ritmo de la música, y le habló del rancho y de un rodeo que iba a tener lugar próximamente. Era un excelente bailarín, cosa que no le sorprendía.

El vals llegó a su fin y los músicos empezaron a tocar una canción rápida. Entonces, le miró fijamente.

–Jeff, mañana hay que trabajar. Debería marcharme.

–De acuerdo.

Jeff charló durante el trayecto de vuelta al rancho y, cuando salieron del coche, le rodeó los hombros con los brazos; sin embargo, la conversación siguió siendo cortés e impersonal.

–Vamos a tomar una copa, tengo que decirte algo. Pero no te preocupes, no va a llevar mucho tiempo.

Sintiendo curiosidad, Holly asintió mientras se preguntaba si Jeff no querría decirle que se fuera de su casa o si no se trataría de que quería hacer cambios respecto al trabajo.

–¿Quieres verme montar? –le preguntó él.

–Me parece que no, aunque te agradezco la invitación. Me resulta demasiado primitivo verte en un caballo dando corcovos, lo encontraría aterrador.

–Me alegra que te preocupes por mí. Pero no sería en un caballo. Me he apuntado para la prueba de monta de toros.

Perpleja, Holly frunció el ceño.

–No le servirás de mucho a Noah si acabas en un hospital con los huesos rotos –dijo ella sin pensar.

Jamás le habría dicho una cosa así a Noah. Pero no le importaba mostrar su enfado delante de Jeff, a pesar de saber que era poco profesional por su parte y que se estaba pasando de la raya.

Jeff se echó a reír.

–Ah, ya veo que lo que te preocupa no es mi bienestar, sólo que podría causarle problemas a Noah. Pero no tengo intención de acabar en el hospital. Me he apuntado porque espero ganar un buen premio. Dime, ¿querrás ir a verme o no?

Holly tembló.

–Gracias, pero no.

Se sentaron en el patio, las luces exteriores se reflejaban en el agua y la hacían brillar.

–Tengo que hablar contigo de un asunto –dijo Jeff arrimando la silla a ella–. No sé si Noah te ha contado que nuestro padre siempre se ha entrometido en nuestras vidas.

–No, no lo ha hecho –Holly pensó que Noah era

demasiado profesional para hablar de semejantes cosas con ella–. Vuestro padre parece haber ejercido bastante influencia... al menos, en la vida de Noah.

–Así es. Ha influenciado a Noah mucho más que a mí. Ése es uno de los motivos por los que me gusta el rancho, mi padre se olvida de mí estando aquí. Sin embargo, nunca deja de intentar controlar todo lo que le rodea. Mi padre me ha hecho una proposición. ¿Sabías que el año pasado nos ofreció, tanto a Noah como a mí, un millón de dólares si nos casábamos durante el año?

Perpleja, se lo quedó mirando.

–No. Creo que Noah está enamorado...

–Noah está enamorado y no se casó por el dinero –respondió Jeff rápidamente–. Noah se enamoró perdidamente de Faith.

–No me cabe duda de ello, es evidente.

–Bueno, el año pasó, yo no me casé y a mi padre le tiene muy preocupado. Me ha hecho otra proposición: si me caso este año, me dará el rancho de la familia. Pasaría a ser de mi propiedad en el momento en que tuviera lugar la boda. Compensará a Noah con dinero.

–¿Quieres el rancho de la familia? –Holly se preguntó por qué le estaba contando aquello ya que no era asunto suyo. Sabía que Jeff lo decía por algo.

–Sí –admitió Jeff–. Quiero ese rancho, pero para conseguirlo tengo que casarme y el matrimonio tiene que durar al menos un año. Mi padre no ha mencionado hijos. Eso es todo.

Holly le miró y, de repente, se dio cuenta de lo que estaba pensando.

–¡No! –exclamó ella.

Jeff le puso la mano en la nuca, distrayéndola.

—Cásate conmigo, Holly. Será sólo por un año.

Holly abrió la boca para protestar, pero él la silenció sellándole los labios con un dedo.

—Escúchame. Lo he pensado mucho y voy a ofrecerte a cambio...

Holly, sacudiendo la cabeza, le interrumpió:

—¡No! Ni hablar. Es ridículo. No quiero que me digas nada, no voy a casarme contigo y no voy a vivir en esta pradera llena de serpientes y vacas. No, nunca. Nada de lo que puedas decir me haría cambiar de idea.

—Es posible —dijo él con calma mientras le acariciaba la nuca—, pero podrías oír mi proposición. Te estoy pidiendo que seas mi esposa durante un año, no toda la vida. Te ofrezco un millón de dólares y ayudarte a montar tu propia empresa cuando tú quieras. Eres inteligente, ambiciosa y perfectamente capaz de tener tu propia empresa. ¿Por qué no ser independiente? Sé que no te importa trabajar.

Holly, perpleja, se lo quedó mirando. Un millón de dólares y su propio negocio a cambio de estar casada con Jeff durante un año. Tenía el «no» en la punta de la lengua, pero no logró pronunciar la palabra. Tenía que pensar en esa proposición. Como Jeff acababa de decir, un año no era toda una vida. De todos modos, iba a tener que trabajar para él durante un año y a estar en el rancho. Un millón de dólares además de la fantástica cantidad de dinero que Noah le había ofrecido más su propio negocio.

Matrimonio sin amor. ¿Podría soportarlo? La idea de tener relaciones sexuales con él le aceleró los latidos del corazón.

–Piénsalo. Sé que ha sido una sorpresa para ti. Yo, por supuesto, no tengo problemas.

–Estás dispuesto a casarte consciente de que el matrimonio sería falso y sólo temporal.

–Sí, y tú también. Los dos tenemos mucho que ganar. Y, por suerte, no hay ningún hombre en tu vida en estos momentos.

–No. Y no lo habrá por el momento, al margen de lo que decidamos.

Casi mareada, Holly le miró fijamente.

Cuando Jeff le puso la mano en la barbilla y clavó los ojos en su boca, ella tembló. Entreabrió los labios inclinándose hacia él, expectante. El corazón le latió con fuerza cuando la lengua de Jeff le penetró la boca al tiempo que se la sentaba encima. El beso la hizo olvidar sus reparos en lo que a él se refería.

Le rodeó la nuca con los brazos y enterró los dedos en los espesos y cortos cabellos de Jeff mientras le besaba con ardor. Jeff la hacía derretirse con sus besos, la excitaba como nunca nadie la había excitado. Gimió suavemente.

Jeff le acarició la garganta y luego bajó la mano para acariciarle el pecho. Por encima de la ropa, sintió las ardientes manos de él, enardeciendo su deseo.

Después de desabrocharle los botones superiores de la camisa, deslizó la mano por debajo y le acarició el vello del pecho.

Jeff le había desabrochado la blusa y el sujetador, y el pulgar de la mano estaba describiendo círculos en uno de sus senos. Las sensaciones la desbordaban, pero se dio cuenta de que estaban yendo más rápido de lo que era prudente.

Con un esfuerzo, Holly incorporó el cuerpo. Jeff

tenía el cabello revuelto y los labios enrojecidos por los besos, y sus ojos estaban llenos de deseo. Él, bajando la mirada, la clavó en las manos que le cubrían los pechos. Las caricias la hicieron jadear.

—Tenemos que parar ahora mismo —susurró Holly, hablando casi para sí misma.

Por fin, se puso en pie y se arregló la ropa. Anhelaba volver a los brazos de Jeff, pero sabía que se arrepentiría de ello más tarde si lo hacía.

Al volver a ocupar su silla, vio que Jeff la estaba mirando fijamente y se preguntó qué estaría pensando.

—El matrimonio debería funcionar —dijo Jeff—. Podrías tener relaciones sexuales satisfactorias. Ninguno de los dos sufriría cuando rompiéramos.

—Pero yo tendría que vivir aquí, en el rancho, durante un año —dijo ella como si se tratara de una calamidad.

Jeff sonrió traviesamente y se inclinó hacia delante para tocarle la barbilla.

—Lo soportarías. No es mucho a cambio de un millón y tu propio negocio, y mi casa es bastante cómoda. Además, tal y como están las cosas, pasas aquí cinco días a la semana.

—Lo siento, Jeff, pero tengo mi casa y a mis amigos en la ciudad. Tengo que pensarlo bien. Hay otros problemas como, por ejemplo, la posibilidad de que me quede embarazada.

—Sabes tan bien como yo que hay formas de evitarlo. Tendremos cuidado.

—Tengo que pensarlo.

—Bien, piénsalo. Pero no olvides que somos compatibles, ha quedado demostrado.

–Se está haciendo tarde. Voy a acostarme, aunque no creo que pueda dormir –los dos se pusieron en pie y agarraron sus vasos para llevarlos a la casa.

Se dirigieron a sus habitaciones y, delante de la puerta de ella, Jeff apoyó una mano en el marco mientras, con la otra, le acarició el cabello.

–Creo que es la solución perfecta para los dos. Lo único que tienes que hacer es decir que sí.

Holly miró esos ojos que podían causar destrozos en su vida y en su razón.

–Me lo pensaré –repitió ella casi sin respiración, recordando sus besos–. Buenas noches, Jeff.

Jeff le sonrió.

–Hasta mañana.

Confusa, Holly se metió en la cama y se quedó mirando la oscuridad mientras pensaba en su futuro.

Sería un cambio radical en su vida. Su familia lo comprendería, ya que cualquiera de ellos haría lo mismo en semejante situación. Todos sus familiares eran ambiciosos; les gustaba el dinero y cualquiera le aconsejaría que aceptara la proposición. La relación de Jeff con ellos no sería problema, Jeff gustaba a la gente y parecía tener un amplio círculo de amigos. Incluso en la oficina de Dallas le había sorprendido ver la cantidad de personas que se había parado a saludarle, a darle la bienvenida y habían mostrado interés por lo que estaba haciendo.

El viernes por la tarde, cuando regresó a Dallas para pasar el fin de semana, intentó hacer una vida lo más normal posible.

Mientras cenaban ensaladas el domingo por la noche, Holly le contó a Alexa la proposición que Jeff le había hecho. Alexa dejó el tenedor en el plato y se la quedó mirando con los ojos desmesuradamente abiertos.

—¿Un millón de dólares y tu propio negocio? Es una proposición fabulosa.

—Alexa, si acepto, tendré que casarme con él. Estaré unida a Jeff en matrimonio, una relación íntima y estrecha. Tengo dudas respecto a él, apenas le conozco.

Alexa frunció el ceño.

—Es una proposición demasiado buena para rechazarla.

—Quizás. Tengo que pensarlo bien.

—Un año, Holly. Déjate de dudas y acepta. Una oportunidad así sólo se presenta una vez en la vida.

Alexa volvió a fruncir el ceño y dio unos golpecitos en el plato con el tenedor antes de añadir:

—Además, vas a estar ahí con él durante un año. Y si es atractivo…

—Sí, lo es —dijo Holly.

—Si rechazas la oferta, como tienes que quedarte allí un año de todos modos, podrías enamorarte de él, no casarte con él y perder el millón y el negocio.

—Cualquier cosa que haga tiene sus inconvenientes, lo importante es elegir lo mejor posible.

—Exacto. Lo mejor es agarrar ese millón de dólares y se acabó.

Holly sonrió.

—Creo que estás pasando por alto algunos detalles de importancia, pero tendré en cuenta esta conversación a la hora de tomar una decisión.

—Trataré de evitar hacerte reproches si no aceptas.

—Te lo agradeceré —respondió Holly sonriendo—.

Cada vez que decido decir que sí me entra un miedo terrible.

–Si te casas, voy a echarte de menos aquí.

–Pase lo que pase no voy a dejar mi piso. El palacio en el que Jeff vive es ridículo. Ocurra lo que ocurra vendré a Dallas y a mi casa.

–La mayoría de las mujeres darían lo que fuera por vivir en un palacio.

–Deberías verlo, he estado en hoteles más pequeños. Pero no te preocupes, seguiremos siendo vecinas, aunque no con tanta frecuencia.

Alexa y ella se despidieron delante de las puertas de sus casas. Necesitaba tiempo para pensar. Había pasado el fin de semana considerando la propuesta de Jeff y estaba empezando a inclinarse por aceptarla, era demasiado importante para rechazarla.

La señora de Jeff Brand. No podía imaginarse a sí misma casada con él. Apenas se conocían. En realidad, casada o no, era muy posible que se acostara con él antes de que acabara el año; por tanto, merecía la pena aceptar la proposición.

El lunes, Jeff había ido a una reunión de negocios con Noah y no pasó por la oficina, por lo que ella no le vio hasta el día siguiente en el rancho. Eran las ocho y media de la mañana cuando Jeff se asomó a su despacho.

–Buenos días. ¿Qué tal el fin de semana?

–Bien. ¿Y tú? –preguntó Holly apenas prestando atención a la respuesta de él.

Con su acostumbrado atuendo, vaqueros, camisa tejana y botas, parecía más un ranchero que un multimillonario. No obstante, el pulso se le aceleró al verle mientras pensaba que pronto sería su esposa.

De repente, notó que a Jeff no se le había escapado la intensidad de su mirada, por lo que se apresuró a añadir:

—Perdona, estaba pensando en los datos que estaba examinando.

—He dicho que me gustaría que llamaras a Garrett Linscott para ver si me consigues que hable conmigo por teléfono. Prefiero que lo hagas tú y no una de las secretarias porque tú podrías convencerle.

Sorprendida, Holly asintió.

—Lo intentaré, pero se muestra muy frío con Noah y viceversa. Noah tiene pocos tratos con él.

—Nunca nos hemos puesto de acuerdo con ellos en lo que al dinero respecta, siempre quieren más beneficios que los demás. A mi padre le parece demasiado. Supongo que Garrett ha desairado a Noah, y Noah le ha ignorado y se ha concentrado en otras cuentas; pero Garrett tiene la cadena de ropa más próspera de todo el sudoeste. Una vez participé en un rodeo con Garrett, llama y a ver si quiere hablar conmigo.

—Lo intentaré —respondió ella, y Jeff se alejó.

Holly consiguió una cita telefónica y se olvidó del asunto hasta el mediodía, cuando Jeff entró en su despacho y se sentó delante del escritorio.

—Gracias por conseguir que Garrett haya hablado conmigo por teléfono, imaginaba que lo conseguirías. Voy a cenar con él el jueves.

—¿Dónde? —preguntó Holly, consciente de que Garrett Linscott vivía en Houston.

—En Houston. Tomaré un avión. Holly, me gustaría que me acompañaras.

Sorprendida, ella asintió.

–Estupendo –Jeff se puso en pie–. Saldremos por la mañana para no ir con prisas. Le pediré a Nita que haga las reservas de las habitaciones del hotel y que alquile una limusina. Regresaremos el viernes.

–Bien. ¿Cuál es el propósito de la cena? Supongo que quieres que vendan productos Brand.

–No. Lo que quiero que venda es la gama Cabrera. Pero bueno, ya veremos. Al menos ha accedido a verme y a hablar conmigo.

–Es verdad. Hemos logrado lo que ni Noah ni tu padre lograron –le apetecía la idea de ir a Houston a una cena.

Casi no pudo concentrarse en todo el día, la proposición de Jeff no dejaba de rondarle por la cabeza. A eso de las cinco, incapaz de seguir trabajando, oyó a las secretarias marcharse. Jeff apareció poco después.

–¿Por qué no dejas el trabajo ya? Podríamos darnos un baño en la piscina y cenar.

–Perfecto –respondió Holly rápidamente–. Me reuniré contigo en la puerta dentro de unos minutos.

Nerviosa, salió del despacho después de apagar el ordenador. Una vez fuera, Jeff, que la esperaba, la agarró del brazo y la llevó hasta su coche.

–Iremos en coche, es más rápido.

Charlaron de lo que había pasado aquel día, pero no mencionaron la proposición que la tenía obsesionada. Se bañaron en la piscina y luego fueron a ducharse y a cambiarse para la cena. Ella se puso unos pantalones blancos de lino y una blusa haciendo juego, se cepilló el cabello y se lo dejó suelto.

Por fin, Holly salió de la habitación y fue a buscarle.

En la mesa había un gran ramo de margaritas y rosas, y vino en una cubeta con hielo. Al ver a Jeff avanzando hacia ella, respiró profundamente.

–¿Una copa de vino?

–Sí, gracias –respondió Holly, consciente de la mirada de admiración que Jeff le dedicó.

–Espero que sea una cena de celebración –dijo Jeff al darle la copa de vino blanco.

Entonces, Jeff alzó su copa a modo de brindis y añadió:

–Por el futuro, Holly. Dime, ¿has tomado ya una decisión?

Capítulo Cinco

Holly alzó su copa, la chocó con la de él y luego bebió un sorbo del vino blanco seco y frío.

Jeff dejó su copa encima de la mesa y, después de quitarle la copa, la rodeó con los brazos.

—Bueno, ¿cuál es tu respuesta? ¿Vas a aceptar mi proposición? ¿Vas a casarte conmigo?

—Lo he pensado mucho, Jeff. Hablemos de los términos del acuerdo.

—Ahhhh —los ojos de Jeff se iluminaron.

—Me has ofrecido un millón de dólares y montarme un negocio. La propuesta del negocio es bastante vaga. Dime, ¿qué harías? ¿Debes tener un límite?

—La práctica Holly —bromeó Jeff—. Por mi parte, el límite será un millón de dólares. ¿Qué te parece? Tú dispondrás de otro millón para invertir en el negocio.

Holly asintió.

—Me parece justo. Quieres estar casado durante un año y a cambio me ofreces un millón más el negocio. Me gustaría medio millón más porque el trato me atará al rancho más de lo que me ata el trabajo. En total, millón y medio en metálico más el negocio. Estoy segura de que tú sacarás mucho más que eso.

—No te quepa duda, Holly. De acuerdo —respondió Jeff rápidamente, sorprendiéndola. Lo que la hizo suponer que Jeff debía de ser muy rico–. Entonces, ¿trato hecho? ¿Te casarás conmigo?

–Es una locura, pero sí. Me casaré contigo –el dinero que iba a ganar casi la mareaba.

Lanzando un grito de victoria, Jeff la levantó y la hizo girar una vuelta completa, haciéndola reír mientras se agarraba a sus hombros. Después, la dejó en el suelo, pero la mantuvo cerca de sí.

–Holly, todo va a salir bien, ya lo verás. Los dos conseguiremos lo que queremos. Pero primero… vamos a hacer esto como es debido.

Jeff le cubrió la boca con la suya al momento. Sus lenguas se entrelazaron sellando una promesa mutua con pasión.

Pronto sería su marido y se volcó en el beso. Sin embargo, cuando el deseo la hizo arder, se separó de él.

–Jeff, tenemos que hablar de muchas cosas.

Jeff se enderezó y la soltó. Los dos respiraban con dificultad.

–Hemos hablado ya de lo importante. Te aseguro que no te arrepentirás. Además, ya verás lo pronto que pasa el año –Jeff sonrió–. Ah, Holly, esto es estupendo. Hemos hecho un buen trato. Llamaré a mi abogado para que prepare el contrato prematrimonial y será mejor que tú hables con tu abogado para que lo examine.

–Buena idea –respondió ella, consciente de que ahora podía permitirse ese lujo–. De todos modos, sigue siendo una locura, Jeff.

–A mí no me lo parece, teniendo en cuenta lo que vamos a sacar de ello.

–Supongo que en público tendremos que fingir

estar enamorados, ya que haces esto a causa de tu familia.

–Sí, aunque Noah no se lo va a creer. Conoce muy bien la opinión que tienes del rancho.

–Mi familia aceptará cualquier cosa que les digamos, están muy ocupados todos con sus vidas y sus asuntos, con ellos no tendremos problemas. Ya le he hablado de este asunto a una de mis mejores amigas.

–Da igual. Papá le dijo a Noah que eligiera a una mujer y que se casara.

–Sabía que tu padre tenía la última palabra en todo lo referente a la empresa, pero no sabía que se inmiscuyera de esa manera en vuestras vidas para conseguir lo que quiere –comentó Holly, empezando a comprender el carácter rebelde de Jeff.

–Espera un momento –Jeff salió de la estancia de improviso y cuando volvió tenía una caja envuelta en un papel dorado en la mano–. Esto es para ti, Holly.

Holly la abrió y dentro encontró otra caja de terciopelo negro, que también abrió. Se quedó boquiabierta al ver el resplandeciente anillo con un brillante en el centro rodeado de brillantes más pequeños.

–¡Jeff, es precioso! –alzó los ojos para mirarle y sintió una punzada de culpabilidad por haberle pedido otro medio millón.

–Veamos si he elegido bien el tamaño del anillo –Jeff se lo quitó y se lo deslizó por el dedo.

–Es perfecto. ¿Cómo sabías el tamaño?

–No lo sabía, ha sido casualidad.

–Es el anillo más bonito que he visto en mi vida –dijo Holly, sobrecogida por su compromiso–. Es posible que nos hayamos precipitado. Jeff, si vas a seguir haciendo cosas como ésta, será mejor que olvides el medio millón extra que tc he pedido.

Jeff le dio un abrazo.

–Puede que hagas que valga la pena.

Holly se lo quedó mirando y le rodeó el cuello con los brazos.

–Gracias. Todo esto es un sueño –Holly se puso de puntillas y le besó.

Jeff le rodeó la cintura y la abrazó al tiempo que respondía a su beso.

Holly ardía en deseo. Enterró los dedos en el espeso cabello de Jeff y luego le acarició la espalda. Necesitaba hacer el amor con él.

Por fin, alzó el rostro y, al mirarle, vio que él la estaba observando.

–Fijemos la fecha de la boda pronto. Cuanto antes nos casemos antes empezará el año.

–No puedo dejar de mirar el anillo –dijo ella moviendo los dedos–. Jeff, este anillo es una extravagancia, un pecado.

–No, no lo es. Quién sabe, puede que sea la única vez que me case, así que será mejor quc lo haga todo lo mejor posible.

–Espero que no sea la única vez que ninguno de los dos se casa –dijo ella con solemnidad, incapaz de concebir que ese matrimonio fuera duradero.

–Será mejor que no nos preocupemos de eso ahora. Holly, voy a pagar por la boda, así que haz lo que quieras, no te preocupes por el dinero. Lo único que tienes que hacer es decirme cuándo te vendría bien.

De repente, Holly se sintió confusa. Los acontecimientos se estaban precipitando más de lo que había imaginado.

–A mí me vendría bien el tercer fin de semana de agosto, lo tengo libre –dijo ella.

–Hecho. El tercer fin de semana de agosto. Tenemos que ir a ver a mi familia. Les llamaré para invitarles a cenar mañana por la noche, les diré que quiero presentarles a una amiga, seguro que eso les pondrá en aviso. Nos reuniremos con ellos en Dallas. Cuando se lo digamos, querrán organizar una fiesta para anunciar nuestro compromiso.

–No he visto nunca a tu madre en la oficina ni en las fiestas de la empresa. Me sentiría culpable de no ser por lo que me has dicho, que tu padre ordenó a Noah que se casara. No me parece bien.

–No, no está bien. Pero así es mi padre, siempre queriendo salirse con la suya –Jeff se acercó a una mesa para agarrar un teléfono inalámbrico, que conectó con el altavoz.

Holly escuchó la conversación telefónica en la que Jeff organizó la cena con su familia.

No podía dejar de mirar el anillo y se preguntó cuánto tiempo le llevaría acostumbrarse a lucirlo en el dedo. Miró a Jeff mientras hablaba y el corazón le dio un vuelco. Jeff iba a casarse y a gastarse una fortuna en ella. Lo único que le pedía a cambio era un año. Las dudas que tenía respecto a él desaparecerían en doce meses.

En agosto iba a convertirse en su esposa. La señora de Jeff Brand. Volvió a mirarle y recordó la imagen de él casi desnudo en la piscina: esbelto, musculoso, sensual.

Jeff acabó la llamada y se volvió hacia ella.

–Ya está. Nos reuniremos con ellos en el club mañana a las siete de la tarde. Dejaremos el trabajo pronto. Antes de la cena, podríamos pasarnos por la oficina para anunciar nuestro compromiso y para que tú enseñes el anillo a todo el mundo. Voy a llamar al tío Shelby para invitarle; es decir, si es que está en el país.

–Nita y Daphne me van a odiar. Coquetean mucho contigo.

Jeff sacudió la cabeza.

–No les he hecho caso. Se les pasará.

–Se van a sentir destrozadas.

–Después de anunciarlo en la oficina y a mi familia, haremos una fiesta aquí para anunciar nuestro compromiso a los que trabajan en el rancho, al encargado y a todos los amigos de la zona. Invitaremos a Nita y a Daphne, y les presentaremos a tipos que les acabarán interesando más que yo.

–Lo dudo –comentó Holly–. Bueno, será mejor que empecemos a fijar las fechas.

–¿Qué clase de luna de miel te gustaría? –Jeff se acercó a ella, la abrazó y la besó.

Cuando dejaron de besarse había pasado media hora.

–Jeff, espera, no tan a prisa –Holly se alisó la ropa mientras trataba de recuperar la compostura–. Vamos a llamar a mi familia. Les va a sorprender, pero nada más. Todos están siempre muy ocupados y centrados en lo que hacen.

Les llevó una hora hablar con sus padres y hermanos. Su angustia aumentó al pensar en aquel matrimonio que ninguno de los dos quería. Notó que Jeff estaba más callado y supuso que, igualmente, se debía a una cierta dosis de ansiedad. Cada llamada les había puesto más en contacto con la realidad de lo que estaban haciendo.

–Como no creo que vayamos a poder dormir, será mejor que nos sentemos y empecemos a planificar la boda.

Eran casi las tres de la madrugada cuando le dio a Jeff las buenas noches.

Al día siguiente, en la oficina, Jeff se encerró en su despacho y llamó a Noah.

–Me gustaría hablar contigo, ¿tienes tiempo?

–Sí; tengo una reunión, pero es más tarde. ¿Qué es lo que quieres decirme que no puede esperar hasta esta tarde cuando nos veamos?

–Quiero que lo sepas de antemano. ¿Estás sentado?

–No me digas que vas a dejar el trabajo.

–No, nada de eso. Voy a casarme, Noah.

–¡Qué! ¿Quién es la afortunada? Recuerdo a Carrie, Emma, Polly... y estoy seguro de que hay muchas a las que no he conocido. ¿Cómo te ha convencido?

Jeff se echó a reír.

–No me ha convencido de nada. ¿Te acuerdas de que papá me dijo que podía quedarme con el rancho si me casaba?

–Sí, claro. Por favor, no me digas que vas a casarte sólo porque papá te ha ofrecido el rancho. No puedes hacerlo.

–Me temo que sí. Quería que lo supieras porque, de cara a la galería, vamos a decir que estamos locamente enamorados.

–No te cases sólo por quedarte con el rancho. Siempre has conseguido evitar que papá te chantajeara y te manipulara. ¿Sabe tu prometida que sólo quieres casarte con ella por el rancho y que no estás enamorado?

—Lo sabe y hemos hecho un trato. Ella también va a sacar lo suyo de todo esto.

Se hizo un prolongado silencio. Por fin, Noah lanzó una maldición.

—¡Maldita sea, Jeff! No es Holly, ¿verdad?

—Sí. Tú también la sobornaste, ¿por qué no puedo hacerlo yo?

—Esperaba que volviera a trabajar para mí. Es una de mis mejores empleadas.

—Puede que vuelva a trabajar para ti algún día. Hemos hecho un trato satisfactorio para los dos.

—No puedo creerlo. Debes de haberla ofrecido una fortuna para que aceptara. Acabará siendo demasiado independiente para querer volver a trabajar para mí. No lo entiendo, ni siquiera os gustáis.

—Nos las arreglaremos. A veces nos llevamos bien —comentó Jeff irónicamente, pensando en la noche anterior cuando se habían besado y en lo que la deseaba en ese momento—. Le voy a pagar un millón y medio, por adelantado. Ganará más que eso, pero es un gran incentivo. Además le he regalado un brillante del tamaño de los faros de un coche.

—No lo hagas, te arrepentirás. No puedo creer que estemos teniendo esta conversación, te estoy diciendo justo lo que tú me has estado diciendo toda la vida.

—Y tú siempre te has beneficiado mucho más que yo de las generosas recompensas de papá por hacer lo que él quiere. Bien, hermano, por fin he espabilado y voy a obtener mi recompensa.

—Jamás habría creído que ella aceptaría tu proposición. Por supuesto, se trata de más de un millón y... es ambiciosa.

–Le he ofrecido otras cosas además –dijo Jeff, evitando decirle a su hermano lo del negocio.

–Estás cometiendo un grave error. Siempre has sido muy independiente y has tenido demasiadas novias para sentar la cabeza y tener una relación estable con Holly, a menos que hayáis decidido llevar vidas separadas y sólo vivir bajo el mismo techo. En fin, creo que voy a callarme. Ya has hecho lo que quieres; sin embargo, el rancho de la familia no vale tanto como para casarte con alguien con quien te llevas a matar.

–Quiero ese maldito rancho. Creo que podemos hacerlo; y, si no podemos, nos dejaremos.

–Os dejaréis al cabo de un año y a papá le dará un ataque por haberte dado el rancho. ¿O es eso lo que pretendes?

–No. De cara al exterior, vamos a representar el papel de pareja enamorada. Aunque Holly le contará la verdad a su familia y a sus amigos íntimos; según ella, no les importará porque todos sus familiares son muy ambiciosos.

–Sí, esa misma impresión tengo yo, aunque no les conozco. Creo que Holly tampoco les ve mucho. Ahora me arrepiento de haberla obligado a trabajar contigo, no creo que os haya beneficiado a ninguno de los dos.

–Deja de ser tan negativo. Somos dos personas adultas y estamos haciendo lo que queremos. Ella va a sacar casi dos millones y yo me quedo con el rancho. No es un mal trato.

–Para mí, sí. Espero que opines lo mismo dentro

de un año –Noah suspiró–. Está bien, supongo que debo aceptar que estás prometido.

–Y la boda va a ser pronto. Quiero invitaros a cenar a Faith y a ti, además de a nuestros padres, esta noche para anunciar formalmente nuestro compromiso matrimonial. Puedes contarle a Faith la verdad.

–Sí, no hay problema. Iremos a cenar.

–Voy a llamar a papá y a mamá y luego te volveré a llamar. Anímate, Noah. Ya somos mayorcitos.

Noah lanzó un gruñido.

–Esta noche todavía no me lo habré creído del todo. No se lo contaré a Faith hasta después, no sé si podría fingir bien.

–Gracias. Hemos quedado en el club a las seis y media –dijo Jeff antes de colgar.

Sólo le llevó unos minutos quedar con su tío para la cena, que accedió, ya que estaba en Chicago, a tomar un avión.

Jeff salió de su despacho y se dirigió al de Holly.

¿Serían capaces de aguantarse durante un año entero? ¿Sería capaz él de controlarse y pasar con ella todo ese tiempo?

Esperaba que fuera así. Su casa era enorme y no tenían por qué molestarse. Su preocupación se evaporó al pensar en el rancho de la familia. Era un magnífico rancho para el ganado vacuno con abundante agua, un clima magnífico y una situación extraordinaria.

Entró en la oficina de Holly y cerró la puerta. Ella levantó la mirada y abrió mucho los ojos, parecía molesta por la interrupción. Le dieron ganas de deshacerle el moño y tomarla en sus brazos.

–Ya les he dicho a Nita y a Daphne que vamos a cerrar la oficina pronto. Vamos a la casa para preparar-nos. Le he contado todo a Noah, pero todavía no se lo va a decir a Faith.

–Dudo que le haya gustado la noticia. Sabe que no estamos enamorados.

–Tienes razón. También he llamado a mi tío Shelby y le he dicho que iba a invitar a la familia a ce-nar para darles una noticia. Mi tío está en Chicago, pero va a tomar un avión privado para cenar con no-sotros esta noche.

–¿Le has contado la verdad?

–No, todavía no. Lo haré, pero esta noche, con mi padre delante, no. Quiero paz y tranquilidad, por eso no le he dicho nada.

–Tu tío y tú estáis muy unidos, ¿verdad?

–Me siento más unido a él que a mi padre –res-pondió Jeff.

La mirada de Holly pareció perderse momentá-neamente. Después, sacudiendo la cabeza, volvió los ojos de nuevo a él.

–Está bien. Dame un cuarto de hora para acabar lo que estaba haciendo.

Jeff asintió y se marchó, sospechando que Holly estaba empezando a tener dudas respecto a haber aceptado el trato.

Aquella tarde, los nervios se apoderaron de ella al pensar en la noticia que iban a dar a la familia de Jeff. Las dudas la habían asaltado todo el día y no había dejado de mirar el anillo, símbolo de la promesa del dinero que iba a recibir.

Aún sentía un hormigueo en el estómago cuando

entraron en el club de campo y tenía húmedas las palmas de las manos.

–Sonríe. Tienes cara de ir al matadero.

Holly le miró.

–Me siento culpable y no sé por qué.

–No tienes por qué sentirte culpable. Estamos haciendo lo que mi padre quiere que hagamos.

–Aunque les he dicho a mis padres que es un matrimonio de conveniencia, con ellos no me siento culpable. Tanto a mis padres como a mis hermanos les ha parecido una excelente idea al enterarse del dinero que voy a ganar con todo esto.

–Mi padre va a ponerse muy contento –le dijo Jeff tomándola del brazo–. Estás guapísima esta tarde.

–Gracias –respondió ella, sospechando que Jeff le habría dicho lo mismo aunque tuviera un aspecto penoso–. Tanto Noah como tú, cuando queréis algo vais a por todos con tal de conseguirlo. En eso sois iguales.

–Supongo que sí. Lo hemos heredado de nuestro padre.

Holly saludó a Noah, a Shelby y a Knox. Sabía que serían amables con ella, pero eso no la tranquilizó.

–Tu padre es igual que Noah y que tú, aunque en mayor.

–Sí, ya nos lo han dicho.

Saludó a Faith, a quien no había visto desde la boda. Noah le estrechó la mano afectuosamente, pero la sonrisa no le alcanzó a los ojos. Y después saludó a la madre de Jeff.

En cuestión de minutos Noah y Jeff habían conseguido que el ambiente fuera relajado. Sabía que la madre de Jeff, Monica, se estaba esforzando por mostrarse simpática y pronto las mujeres estaban conversando.

Estaban tomando los aperitivos en un salón reservado y Jeff, por fin, se puso en pie.

–Quiero daros una noticia –Jeff le tomó la mano y la hizo ponerse en pie a su lado–. Le he pedido a Holly que se case conmigo.

La familia pareció estallar y la rodearon para felicitarle y ver el anillo que, hasta hacía unos minutos, había estado en el bolsillo de Jeff, antes de ponérselo de nuevo en el dedo. Noah fue el último en felicitarle; con un suave apretón en el hombro, dijo:

–Bienvenida a la familia Brand.

Holly le miró y, aunque él sonreía, le conocía lo suficiente para darse cuenta de que no le complacía el trato que Jeff y ella habían hecho.

Shelby se le acercó sacudiendo la cabeza.

–No puedo creer que Jeff vaya a casarse, lo que has hecho es milagroso.

Holly sonrió.

–Estoy encantada. Gracias por venir esta noche, significa mucho para Jeff. Se siente muy unido a ti.

–Entre mi hermano y yo siempre ha habido muchas diferencias. También las hay entre los gemelos, pero están más unidos que Knox y yo, y me alegro de que sea así. Knox y yo hemos pasado por momentos muy difíciles. A mí nunca me ha gustado que siempre favoreciese a Noah; sin embargo, es comprensible ya que Noah se parece mucho a él. Yo, por el contrario, me he inclinado por Jeff toda la vida ya que se parece más a mí y tiene una personalidad más alegre y divertida. A Jeff siempre le ha gustado divertirse.

–En mi familia todos nos llevamos bien… es decir, cuando nos vemos –Holly sonrió.

–Será un placer conocerles. Irán a la boda, ¿no?

–Sí, claro. Nos reunimos unas cuantas veces al año.

–Por lo que dices no parece que haya niños pequeños. Los niños unen a las familias. Nunca he estado tan unido con Noah como con Jeff; sin embargo, Emily es un encanto y admito que voy a Texas muchas veces sólo por verla.

–¿Estáis hablando de mí? –preguntó Jeff acercándose a ellos.

–A pesar de ser un tema de conversación fascinante, no; no estábamos hablando de ti, sino de Emily –respondió Shelby.

Holly permaneció en silencio, disfrutando la conversación entre tío y sobrino que evidenciaba una clara relación íntima entre ambos.

Durante la cena, trató de prestar atención a las conversaciones. Hacia el final de la velada, los padres de Jeff ya habían hecho planes para dar una fiesta, con el fin de anunciar su compromiso matrimonial, el viernes por la noche.

La cabeza le daba vueltas cuando entró en el coche con Jeff y emprendieron el camino de regreso al rancho.

–Mis padres están encantados –dijo Jeff–. Has estado muy bien.

–Puede ser, pero no me siento muy bien. Jeff, esto es una locura, yo no quería relaciones de ningún tipo. Y la boda se nos va a echar encima antes de que nos demos cuenta.

Jeff se echó a reír.

–Holly, ninguna mujer ha mostrado tener tan mala opinión de mí como tú. Es una suerte que haya tenido bastantes relaciones; de lo contrario, mi ego estaría por los suelos.

–Eso es imposible. Tanto Noah como tú estáis muy seguros de vosotros mismos –comentó ella–. Voy a tomarme una semana de vacaciones para prepararme la boda.

–Bien. Pero no olvides que el jueves vienes a Houston conmigo.

–Iré contigo, tanto si trabajo la mayor parte de la semana que viene como si no. A Noah no le ha hecho gracia que vayamos a casarnos.

–Lo ha disimulado bastante bien.

–Habéis hablado de ello.

–Cualquiera habría creído que sería Noah el del matrimonio de conveniencia y que yo sólo me casaría por amor, pero ha resultado ser al contrario –Jeff la miró de soslayo–. Deja de preocuparte.

–Es difícil, Jeff. Vamos a dar un gran paso y no somos nada compatibles.

–Los dos nos esforzaremos porque el matrimonio nos beneficia a los dos, Holly.

Sabía que Jeff tenía razón, pero le resultaba imposible dejar de preocuparse. El optimismo de Jeff no le estaba ayudando ya que sólo demostraba lo alegremente que se tomaba la vida y el futuro.

El jueves estaba nerviosa mientras se vestía para marcharse con Jeff a Houston. Habían reservado dos habitaciones separadas en el hotel e iban a cenar con el presidente y director de marketing de la cadena de tiendas Linscott Way West.

Fueron en el avión particular de Jeff. Durante el vuelo y el trayecto en coche al hotel, Jeff se mostró relajado y despreocupado respecto a todo lo referente al trabajo. En varias ocasiones, ella había abierto la carpeta con la información que tenía sobre la cadena de tiendas para que ambos se familiarizaran con el negocio, pero Jeff había cambiado de tema, le había quitado la carpeta de las manos y la había apartado.

–¿Es que no quieres informarte sobre la empresa? Así podrías hablar con conocimiento.

–Estoy familiarizado con esa empresa, por eso vamos a Houston. Esas tiendas dan muchos beneficios. Deja de preocuparte.

–¿Es que no te tomas en serio nada nunca? –le espetó ella, preguntándose por qué Jeff quería hablar con ellos sin estar preparado para hacerlo.

Holly vio el brillo travieso en los ojos de Jeff y su irritación aumentó.

–Hay muchas cosas que me tomo en serio –Jeff le acarició una mejilla con las yemas de los dedos–. Cuando te beso me lo tomo muy en serio.

–Jeff, por favor, sé un poco más profesional –se quejó ella.

–Lo digo en serio –pero ella sabía que estaba bromeando–. Tranquilízate, Holly. Lo único que tienes que hacer esta noche es mostrarte tan encantadora como siempre y les cautivarás. Eso es lo importante.

–No es a eso a lo que vamos a Houston –declaró Holly con exasperación antes de cerrar la boca firmemente y volver la cabeza para mirar por la ventanilla.

–Por favor, tranquilízate –dijo él–. Relájate y disfruta.

–Me va a resultar imposible –Holly volvió el rostro para mirarle y le vio sonreír.

–La cena va a ser excelente y espero que la velada sea agradable. Sé que me estás comparando con Noah.

–Noah no es irresponsable ni incontrolable –observó ella, y la sonrisa de Jeff se agrandó.

–Por ti haré un esfuerzo por ser responsable y por controlarme esta noche –dijo Jeff, y ella sonrió.

–Está bien. Lo haremos a tu manera, nada de trabajo ahora –declaró Holly, dándose por vencida.

Si el encuentro resultaba un fracaso, no sería culpa suya.

Capítulo Seis

Mientras se vestía para la cena, su nerviosismo aumentó. Había comprado un vestido para la ocasión, verde sin mangas y ceñido. Se recogió el cabello y se puso unas sandalias de tacón alto. Tenía ganas de ver cómo se las arreglaba Jeff con un posible cliente.

Cuando él llamó a la puerta de su habitación, agarró el bolso y abrió.

–Ya estoy lista –dijo ella, agradecida por la expresión de placer que vio en el rostro de Jeff.

–Estás preciosa. Les vas a deslumbrar hasta el punto de que no se van a enterar de lo que digo –Jeff le tomó la mano y se la besó, un gesto que le pareció encantador.

–No digas tonterías –Holly le sonrió–. Tú tampoco estás nada mal.

Jeff le quitaba la respiración. Cuando la agarró del brazo, esperó que no notase la aceleración de su pulso.

Les llevaron en coche a un elegante restaurante entre altos pinos con fuentes fuera y dentro.

Una vez sentado en una sala acristalada, vio el estanque con cascadas, fuentes y lirios en flor. Velas y jarrones con ramos de capullos de rosas ocupaban en centro de la mesa cubierta con un mantel de lino.

De repente, el jefe de comedor apareció con dos

83

hombres, Garrett Linscott y Matt Arapowski. Jeff se levantó para saludarles.

Jeff se mostró encantador durante la cena, incluyéndola en la conversación. Ya en los postres, Jeff bebió un sorbo de agua y dejó el vaso en la mesa.

–Garrett, tenemos la exclusiva de la gama Cabrera en botas, sillas de montar y demás artículos de piel.

–Lo sabía. Es un buen negocio.

–Sé que tienes en tus tiendas las mejores marcas del mercado, pero no vendes Cabrera.

–No. Hubo un momento en que no nos pareció que mereciera la pena y, desde entonces, no hemos vuelto a pensar en ello –Garrett miró a Matt, que sacudió la cabeza.

Holly, callada, escuchó a Jeff hablando de la oportunidad que estaban desperdiciando por no vender artículos Cabrera. Jeff también habló de los beneficios, comparados con los costes, que les produciría vender las botas. Sorprendida, comprendió por qué no había querido leer los papeles en el avión: Jeff había hecho cuentas y tenía pleno conocimiento de la situación.

–No hay mejor bota en el mercado, están hechas a mano por artesanos –declaró Jeff–. El mismísimo Emilio Cabrera sigue haciéndolas. Os voy a regalar a los dos un par de botas para que os las pongáis y veáis cómo son. Es una gama de prestigio.

Mientras presenciaba cómo Jeff les estaba convenciendo al tiempo que entreteniéndoles, se dio cuenta de que tenía que dejar de juzgarle por las apariencias y que le había subestimado. Jeff le estaba dando una lección sobre costes, precios y márgenes de beneficios, y manejaba las cifras a la perfección.

En un par de ocasiones la incluyó en la conversación con preguntas a cerca de la gama de botas. Sin embargo, a pesar de preguntarle, ella sabía que Jeff conocía de sobra la respuesta, simplemente no quería dejarla al margen.

Garrett y Matt accedieron a incluir la gama Cabrera de botas en su catálogo y a venderlas en algunas de sus tiendas más importantes. Después de eso, Jeff volvió a entretenerles. Como si nada, Jeff había conseguido que accedieran a vender las botas en sus tiendas incluso antes de recibir un par de botas cada uno de regalo.

Con perplejidad, se dio cuenta de que Jeff era tan astuto como Noah le había dicho que era. Sintió exaltación. A Noah le haría feliz aquel trato, ya le había mencionado que quería que Linscott fuera su cliente.

Se había equivocado respecto a Jeff.

Poco a poco fue integrándose de nuevo en la conversación. En algunos momentos, Matt y ella charlaron mientras Jeff y Garrett rememoraban viejos tiempos.

Cuando la velada llegó a su fin, se despidieron ya en la calle. Después de que Garrett y Matt se marcharan, Jeff llamó a su chófer y pronto se pusieron en camino de regreso al hotel.

—Felicidades, Jeff, has hecho un trabajo magnífico esta noche. Noah se va a alegrar muchísimo —declaró ella entusiasmada.

—¿Estás sorprendida? —preguntó él sonriéndole.

—Estoy que no me lo creo, lo admito.

Jeff se inclinó sobre ella, colocando ambas manos en el asiento a ambos lados de su cuerpo.

—Creías que no estaba preparado para la reunión de esta noche, ¿verdad?

Holly enrojeció.

–Ya te lo he dicho, me has dejado atónita –respondió ella mirándole a los ojos–. Lo has hecho todo con la mayor facilidad del mundo, como si no fuera nada. Y sé perfectamente que no venían con la idea de vender la línea Cabrera en sus tiendas –las palabras le habían salido entrecortadas por el deseo que se había apoderado de ella–. Estoy impresionada.

Jeff la rodeó con los brazos y la levantó sin esfuerzo para sentársela encima.

–Bueno, ya está bien de trabajo –Jeff se inclinó para besarla.

En el momento en que la boca de Jeff le cubrió la suya, se olvidó de la cena, el trabajo, los dos hombres con los que habían cenado y todo lo demás... a excepción de Jeff.

Jeff le cubrió la garganta con una mano y luego el pecho. Cuando sintió los dedos de él en la cremallera, le agarró la muñeca y se apartó.

–Jeff, estamos en público –dijo ella, bajándose de Jeff y sentándose en el asiento del coche.

–He tenido suerte de contar contigo. Gracias, Holly.

–Creo que exageras, pero me alegro de que lo digas.

–Antes de volver mañana por la mañana, ¿te gustaría que pasáramos unas horas aquí?

–Me encantaría. Podría echar un ojo a algunas cosas que quiero para la boda.

–De acuerdo. Tomaremos el avión después de almorzar.

En el momento en que salieron del ascensor en el hotel, Jeff la estrechó en sus brazos.

–Deja que abra tu puerta –dijo Jeff, quitándole la llave de la mano.

Jeff abrió la puerta y esperó a que ella entrara. La siguió, dejó la llave en una mesa y cerró la puerta. Se volvió y la abrazó.

Holly le rodeó el cuello con los brazos, pegándose a él. Le besó con pasión, volcando el entusiasmo de aquella noche en el beso. Jeff apoyó la espalda en la puerta y la estrechó contra sí. Al notar su erección, la pasión se incrementó.

No notó los dedos de él en la cremallera. El vestido y el sujetador cayeron al suelo. Abrió los ojos cuando Jeff le cubrió los pechos con las manos y atormentó sus pezones. Le temblaron los dedos cuando ella le quitó la chaqueta del traje y le desabrochó los botones de la camisa.

Jeff se quitó la corbata y volvió de nuevo su atención hacia ella, sujetándole los pechos, acariciándoselos.

–Qué hermosa eres –dijo Jeff en un ronco susurro.

Holly le quitó la camisa, que quedó colgando de la cinturilla de los pantalones. Le acarició los anchos y musculosos hombros, el esculpido pecho... y la llama del deseo ardió.

Sin desabrocharle los pantalones, le acarició los muslos. Jeff respiró profundamente antes de agarrarle la mano y colocársela sobre el duro miembro.

Jeff se desabrochó el cinturón, pero ella le agarró la muñeca.

–Vamos a esperar, ¿no? –preguntó Holly.

Jeff volvió a tomar aire y, acariciándole el cuerpo, se la quedó mirando de una manera que la hizo temblar y desear bajarle los pantalones.

Cada día descubría un aspecto nuevo de él. No estaban enamorados y apenas se conocían. Quería conocerle mejor antes de acostarse con él.

–Jeff, espera –dijo ella. Inmediatamente, se puso el vestido y se volvió de espaldas a él–. Súbeme la cremallera, por favor.

Jeff le besó la nuca. Le besó la espalda y las protestas de ella murieron con un jadeo antes de cerrar los ojos.

–¡Jeff! –susurró Holly mientras las sensaciones la inundaban.

Por fin, volvió a darse la vuelta, le abrazó y le besó.

Continuaron besándose hasta que el deseo se hizo insoportable. Entonces, ella se apartó de Jeff y se colocó la ropa de nuevo.

–Tenemos que parar. Sólo faltan unas semanas. Cuando nos casemos, no tendremos que parar ni esperar.

Con respiración sonora y entrecortada, Jeff se la quedó mirando.

–Voy a contar los minutos. Va a ser un buen matrimonio, Holly. No te arrepentirás de la decisión que has tomado.

–Espero que tengas razón –contestó ella con solemnidad.

–Vendré a buscarte para ir a desayunar. ¿A qué hora quieres que venga?

–A las siete –respondió Holly, tratando igualmente de recuperar la respiración. Jeff estaba más guapo y deseable que nunca–. Pronto estaremos casados.

Jeff la besó suavemente y se marchó.

El corazón aún le latía con fuerza cuando se metió en la cama. La noche había sido todo un éxito en lo que al trabajo se refería. ¿Qué otros secretos esconderría Jeff?

El tercer fin de semana de agosto Holly estaba en el pórtico de la enorme iglesia de Dallas del brazo de su padre.

–Hoy estás preciosa, Holly –dijo Dennis Lombard en voz baja–. ¿Sigues estando segura de que te conviene casarte con Jeff?

–Sí, estoy segura –respondió ella con firmeza, sonriendo a su padre.

Los ojos verdes de Dennis presentaban una expresión solemne al asentir.

–Bien. Has hecho un buen negocio. Aunque no seáis completamente compatibles, lo que vais a ganar lo compensará con creces.

En ese momento, la organizadora de la boda se les acercó.

–Holly, señor Lombard, ya es la hora.

Empezaron a recorrer la nave de la iglesia acompañados del sonido de trompetas, violines y órgano. Miró al enorme número de invitados y luego a las ocho damas de honor, con Alexa a la cabeza; después, dirigió la mirada a los testigos del novio. Noah estaba al lado de Jeff como padrino de boda. Cuando sus ojos se encontraron con los de Jeff, se le aceleraron los latidos del corazón. Más guapo que nunca con el esmoquin, le sonrió.

Sus dudas se habían disipado. Iba a estar casada con él durante un año. Esa noche se marchaban a Nueva York para pasar allí cuatro días y después a París, y se preguntó si los nervios que sentía se debían a la boda o al hecho de que iban a pasar las dos próximas semanas en Nueva York y París.

Dos semanas con Jeff en viaje de luna de miel. Estaba asombrada de que la enorme iglesia se hubiera llenado con los invitados. Entre las familias de ambos y los amigos la boda se les había escapado de las manos.

Su padre se detuvo y, al momento, ella dejó que la áspera mano de Jeff tomara la suya. Al mirar esos ojos grises sintió cosquillas en los dedos de los pies.

Jeff le sonrió y le guiñó un ojo, sumergiéndola en un momento especial, exclusivo de ambos.

La ceremonia fue transcurriendo y, por fin, el sacerdote les declaró marido y mujer.

Holly miró a Jeff, que le apretó la mano. A continuación, la sesión de fotografías. Después, fueron al club de campo para el banquete de bodas.

Se desprendió de la cola del vestido y Jeff la tomó en sus brazos para el primer baile.

—Cuando volvamos de la gran ciudad te llevaré a ver el rancho que acaban de darme. Quizá comprendas por qué quería quedármelo.

Holly lo dudaba. En su opinión, sólo eran unas tierras con caballos, vacas, establos y cobertizos. Pero no se lo dijo, imaginaba que a Jeff no le importaría lo que pensaba respecto a su casa o al rancho que su padre le había regalado.

Alzó la mirada al rostro de Jeff mientras se movían al compás de la música en la pista de baile.

—¿Crees que parecemos una pareja de enamorados?

—Por supuesto —respondió él, y ella sacudió la cabeza.

—Siempre tan optimista. Pero no me importa. Mi familia está contenta. Incluso Noah parece haber aceptado la situación. Vamos a pasar dos semanas en dos ciudades.

–Tráfico, ruido… –le recordó él.

–Restaurantes, museos, tiendas, conciertos, ópera. Gente por todas partes.

–Al menos a los dos nos gustan las costillas y el baile.

–Eso es todo. Jeff, somos incompatibles y ya está.

Holly bailó con su padre, que parecía contento por ella. Mientras bailaban, vio a Jeff bailando con su madre. Al bailar con sus hermanos, obtuvo de ellos la misma reacción que de su padre: todos pensaban que el trato que había hecho con Jeff era un gran negocio.

No le sorprendió que las familias de ambos parecieran gustarse, tenían mucho en común. La única oveja negra era Jeff.

Llegaron a Nueva York de noche. Delante de la puerta de su suite en el hotel, Jeff la tomó en sus brazos para cruzar el umbral; una vez dentro, la dejó de nuevo en el suelo de la lujosa habitación en la que había champán en una cubeta de hielo. Además del champán había extraordinarios canapés y un ramo de flores.

Holly cruzó la estancia y se asomó a la ventana para disfrutar la vista de la ciudad, completamente iluminada… hasta que Jeff se le acercó y la hizo darse la vuelta.

Jeff se había quitado la chaqueta del traje, la corbata y los zapatos. Sirvió dos copas de champán y le dio una; después, alzó la copa en un brindis.

Riendo, Holly chocó su copa con la de él.

–El señor y la señora Brand. Por que nuestro matrimonio sea ventajoso para los dos, Holly.

–¿Siempre consigues lo que quieres?

–Claro que no. Pero casi nunca pierdo el optimismo. Vamos a hacer otro brindis –dijo Jeff volviendo a alzar su copa–. Nada de arrepentimientos, mi amor.

–Brindo por lo de nada de arrepentimientos. Sin embargo, lo de «mi amor» es un poco exagerado.

Jeff sonrió mientras bebían champán. Después, dejó su copa y le quitó a ella la suya.

–Hoy estás deslumbrante, señora Brand –Jeff la rodeó con los brazos–. Lo primero que vamos a quitarte es esto –dijo Jeff retirándole las horquillas del pelo.

El cabello le acarició los hombros y el corazón le latió con fuerza, y se olvidó de todo lo que la rodeaba a excepción de Jeff.

–No sé cómo va a salir esto teniendo en cuenta que somos incompatibles, pero hoy hemos convencido a todo el mundo de lo contrario.

–Tú te esforzarás, yo me esforzaré y todo saldrá bien.

Mientras hablaba, el tono de voz de Jeff había disminuido y se había tornado más ronco. La miró a los ojos y luego a la boca mientras le rodeaba la cintura con un brazo y la atraía hacia sí.

Apenas capaz de respirar, deseó sus besos, que le hiciera el amor. Había pasado toda la semana soñando con él por las noches, soñando con ese momento. Había empezado a tomar la píldora, así que no tenían que utilizar preservativos.

Le rodeó el cuello con un brazo y se inclinó hacia él, la boca de Jeff cubrió la suya, penetrándosela profundamente con la lengua. Se encendió la llama de la pasión, ardiente e intensa.

Después de bajarle la cremallera del vestido, Jeff se apartó para dejarlo caer a sus pies. Sujetándola por la cintura, se la quedó mirando.

—Eres sumamente hermosa, me quitas la respiración —declaró Jeff en un ronco susurro.

Entonces, le quitó el sujetador.

Holly tomó aire honrosamente cuando Jeff le cubrió los pechos con las manos.

—Qué hermosura —repitió él acariciándole ambos senos antes de agachar la cabeza para apoderarse de uno de los pezones con la boca y pasar la lengua por él.

Con los ojos cerrados, Holly lanzó un quedo gemido y se agarró a sus hombros. Después, le desabrochó el cinturón y le bajó la cremallera de los pantalones. Jeff se los quitó y ella le despojó de los calzoncillos, liberándole. El miembro estaba duro y listo, y ella tembló de deseo.

El maravilloso y musculoso cuerpo de Jeff, de nalgas firmes y largas piernas, la excitaba. Jeff la tomó en sus brazos y la llevó al dormitorio de la suite; allí, la depositó en la cama y, tras tumbarse a su lado, la abrazó.

Agitada y gimiendo de placer, le besó con toda la pasión que sentía, consumida por un deseo que la asombraba.

Quería besarle y explorar su cuerpo, y le empujó hasta hacerle quedar tumbado bocarriba; entonces, le cubrió de besos todo el cuerpo antes de meterse el miembro en la boca para acariciarlo y besarlo.

Con un gruñido, Jeff cambió de posición. Ahora

era ella quien estaba bocarriba y él devolviéndole las caricias y los besos.

La acarició íntimamente mientras la besaba, moviendo la mano entre sus piernas, hasta hacerla arquearse y gritar. Paseó la lengua por su cuerpo, besándoselo y deteniéndose en la entrepierna.

Holly gritó de placer mientras movía las caderas, incapaz de permanecer quieta, deseándole dentro. Enterró los dedos en los cabellos de Jeff mientras él la hacía enloquecer.

—Te deseo —gritó Holly—. Hazme el amor ya.

—Apenas hemos empezado —dijo Jeff volviendo a besarla y a acariciarla, tumbándola bocabajo para besarle la espalda y la parte posterior de los muslos mientras volvía a colocar la mano en su entrepierna.

El tormento y la pasión se incrementaron mientras él continuaba haciéndole el amor y acercándola al abismo.

Cuando Jeff se colocó entre sus piernas y se dispuso a penetrarla, le deseaba con frenesí. Se aferró a él mientras Jeff se introducía en su cuerpo lentamente. Ardiente, espeso, duro… se deslizó dentro de ella y volvió a salir, incendiándola. Jadeó mientras se abrazaba a Jeff con brazos y piernas.

Jeff volvió a penetrarla, se movió despacio, aún manteniendo un control férreo. La llenó y salió de nuevo. Ella gritó tirando de Jeff.

—Jeff, por favor. No puedo esperar más —jadeó Holly.

—Eres toda pasión y ardor —le susurró moviéndose en su cuerpo.

Holly, manteniéndole el ritmo, le acarició una y otra vez.

Por fin, Jeff perdió el control y la penetró salvajemente, provocando el orgasmo de ambos. Ella gritó al alcanzar el clímax y Jeff tembló. El éxtasis la envolvió.

–Holly, mi amor. Ahhh –dijo Jeff jadeante.

Poco a poco, Holly fue recuperando el ritmo normal de la respiración y comenzó a salir de su estupor.

Se quedaron abrazados. En ese momento, se sintió muy unida a él, como si sus diferencias ya no tuvieran importancia. Volvió la cabeza para besarle y Jeff la besó en la boca; fue un beso de satisfacción, un beso cariñoso y leve, una afirmación.

Aún abrazándola, Jeff se tumbó de costado y ambos quedaron cara a cara.

–Me has destrozado –dijo Holly.

–Espero que no. No era mi intención. Además, tengo planes para luego.

–No me digas eso ahora –susurró ella perezosamente–. Eres un amante extraordinario.

El placer la tenía mareada.

–Y tú eres una amante extraordinaria; no obstante, sabía que lo serías –respondió Jeff.

Holly abrió los ojos y le miró fijamente. Después, se echó a reír.

–Me gusta que me digas eso.

Jeff la abrazó y le acarició el cabello.

–Hemos hecho un trato estupendo, Holly.

–Ten cuidado, ninguno de los dos queremos enamorarnos.

–No creo que corramos ese peligro. No obstante, en estos momentos tenemos una unión espectacular.

Holly se acurrucó contra él.

–Qué cuerpo tienes –murmuró ella.

–Eso tendría que decirlo yo. Quizá deberíamos dejar París para otro viaje y pasar las dos semanas de que disponemos en esta habitación.

Los ojos de ella se abrieron al instante.

—De ninguna manera, Jeff —contestó ella—. Me has prometido ir a París. Ya lo tenemos todo arreglado para...

—Tranquila, sólo estaba bromeando. Te llevaré a París, pero la alternativa no es mala idea.

—Si fuera un gato, te arañaría.

Jeff le acarició la cadera y luego el brazo.

—No me canso de tocarte ni de mirarte ni de besarte.

—Me alegro de que digas eso —respondió ella contenta—. Jeff, jamás olvidaré esta noche.

—Eso espero. No sé lo que nos deparará el futuro; pero si no vuelvo a casarme, siempre pensaré que este matrimonio ha sido bueno.

—Estoy de acuerdo contigo —respondió ella acariciándole con las yemas de los dedos.

Holly le miró y se preguntó qué cosas en la vida consideraría Jeff importantes a parte del trabajo en el rancho. Él no había arriesgado nada emocionalmente con ese matrimonio y no creía que eso cambiara. Para ella también ésa era su única noche de bodas y, hasta el momento, el matrimonio había sido bueno.

Capítulo Siete

Felicitándose a sí mismo por haber conseguido que Holly se casara con él, Jeff la besó en la sien, el oído y la garganta. Tenía el rancho y a Holly en su cama. Si el resto del año era como esa primera noche, sería como estar en el paraíso.

La besó, consumido por el deseo. Nunca había estado realmente enamorado ni había tenido una relación seria, y no esperaba que ocurriera ahora tampoco. Se puso en pie, la tomó en sus brazos, la llevó a la ducha y abrió el grifo del agua caliente.

Despacio, la enjabonó, excitado y deseándola.

La aclaró bajo los chorros de agua y comenzó a besarla y acariciarla. Holly estaba mojada, cálida y suave; gimió de placer, excitándole aún más.

—Eres muy hermosa, Holly. Muy hermosa, mi amor —susurró él sin ser consciente de lo que le decía mientras le cubría con besos la garganta y los pechos.

Le acarició las piernas y la entrepierna, y Holly, jadeante, se aferró a él.

Alzándola, la penetró.

Holly gritó de placer; se agarró a sus hombros y se movió a su ritmo, envolviéndole. Hizo un esfuerzo por controlarse, por prolongar el momento, por darle placer a Holly hasta hacerla enloquecer de pasión.

Jeff incrementó el ritmo de los empellones hasta

oírla gritar y estremecerse de placer al alcanzar el clímax.

—¡Jeff! —gritó ella.

El grito le liberó, haciéndole alcanzar el éxtasis, sacudido por oleadas de placer.

Gradualmente su respiración volvió a la normalidad. Holly le abrazaba, le acariciaba la espalda y le besaba el rostro. Él volvió la cara para besarla a su vez.

—Esto es magnífico, Holly —susurró Jeff mirándola.

Holly abrió los ojos, su rostro mostraba una expresión de letargo y satisfacción, su boca estaba enrojecida por los besos.

Jeff le sonrió y ella le devolvió la sonrisa. Se preguntó si no correría el peligro de acabar enamorándose de Holly durante ese año de matrimonio, pero descartó la idea, era ridícula. Sintiera lo que sintiese por ella, sabía que Holly se marcharía nada más acabar el año. A Holly no le gustaba nada la vida en el rancho, sentía un gran rechazo por todo lo que era importante para él.

No obstante y dada la situación, sabía que no podía haber elegido una mujer más adecuada que Holly para un matrimonio de conveniencia.

Jeff dejó que se acabara de duchar. Cuando estuvieron secos los dos, volvió a tomarla en sus brazos y la llevó a la cama. Ya tumbados los dos, la mantuvo pegada a su cuerpo, abrazada.

—Mi amor, esto es maravilloso. Te enseñaré París, pero antes de enseñarte la ciudad quiero enseñarte nuestro dormitorio allí.

—De acuerdo —respondió ella—. Pero no olvides que hemos quedado con tu tío allí para almorzar. Va a ir desde Londres a hacernos una visita.

–Es nuestra luna de miel. Si cancelo la cita, lo comprenderá.

–Tu tío sabe que este matrimonio es un apaño y también sabe por qué, no se le pasará por la cabeza que no puedas ir a verle para almorzar con él. Además, tú quieres mucho a tu tío y te gustará verle.

–Vale. Pero de momento y ahora que estamos aquí, voy a aprovechar –dijo Jeff y, al instante, se colocó encima de ella.

Holly lanzó un quedo grito de sorpresa y le miró. Él vio como esos ojos verdes oscurecían de deseo.

Eran las doce del mediodía cuando pensaron en el desayuno.

–Voy a pedir que nos traigan el desayuno a la habitación y nos lo tomaremos desnudos en la cama –dijo Jeff agarrando un papel de la mesa que había al lado de la cama.

–No me parece buena idea. Si hacemos lo que dices, no desayunaremos –dijo Holly sonriéndole.

–¿Y qué si no desayunamos? Acabaremos comiendo en algún momento.

–Me opongo rotundamente a desayunar desnuda –declaró ella–. Y hoy necesito un rato libre para ver mi correo electrónico. No quiero perder el contacto con la oficina.

–Lo dices de broma, ¿verdad?

–No, lo digo en serio. No es necesario que perdamos por completo el contacto con la oficina. Podría ocurrir algo importante.

–Holly, deberías aprender a relajarte y a disfrutar de la vida un poco más.

–Me gusta mi vida, gracias –dijo ella alzando la barbilla–. También me gusta que las cosas se hagan. Toma nota, no te vendría mal.

–Prefiero hablar de lo del desayuno desnudos. Quizá consiga convencerte. Pero antes, pidamos el desayuno. ¿Qué quieres tomar?

A Holly le resultó difícil pensar en el menú con Jeff besándola y acariciándola. Ya pasaba de la una de la tarde cuando llamaron al servicio de habitación y el desayuno se convirtió en almuerzo en su habitación.

Con un plato de huevos revueltos y beicon delante, Holly se quedó mirando a Jeff.

–¿Te das cuenta de que llevamos cuatro días encerrados en esta habitación a pesar de estar en esta maravillosa ciudad con tantos sitios a los que ir y tantas cosas que comprar?

El jueves por la mañana iban a tomar el avión para París.

–Me lo he pasado muy bien aquí –respondió él–. ¿Te estás quejando?

Holly se ruborizó.

–No. Sabes que lo he pasado bien; de no ser así, te lo habría dicho. Es sólo que me sorprende que ninguno de los dos haya querido salir.

–Prefería hacer lo que he hecho –dijo Jeff con una sonrisa traviesa.

Y Holly decidió no volver a mencionar salir del hotel.

Los tres días siguientes vio tanto de París como había visto de Nueva York. Pero el cuarto día, iban a almorzar con el tío de Jeff y ella, entusiasmada con la idea de ver la ciudad, se arregló con esmero.

Disfrutó enormemente del almuerzo en la terraza de un restaurante encantador y disfrutó observando el entorno mientras los dos hombres charlaban. Por fin, cuando Shelby comenzó a hablar del trabajo, ella prestó más atención a la conversación.

–Jeff, el médico le ha dicho a tu padre que tiene que dejar el trabajo completamente; de lo contrario, las consecuencias pueden ser funestas. Tu madre no puede hacer nada, ya sabes que cada uno de los dos ha hecho lo que ha querido. Tu padre se niega a dimitir como presidente de la junta directiva, yo me estoy matando para aumentar el volumen de negocio y, por cierto, te felicito por conseguir la cuenta de Houston. Quiero que a Noah y a ti os vaya lo mejor posible porque quizá así Knox se jubile… si no es demasiado tarde.

–No te esfuerces tanto. Ya no tienes veinte años.

–Me conoces bien y sabes que no lo haré –respondió Shelby.

–Noah va a pensar que tu esfuerzo se debe a que quieres demostrarle a papá que no es indispensable.

Shelby sacudió la cabeza.

–Quizá no sea del todo falso. Sin embargo, yo no tengo que demostrarle nada a Knox, tengo un buen nivel de vida. En estos momentos, tu padre está feliz por el incremento de beneficios. Noah se está deshaciendo de algunas de las cuentas más antiguas y menos rentables y está incrementando la eficiencia de la empresa. Tú, por ejemplo, has conseguido una cuenta que es un auténtico tesoro. Las cosas marchan bien y Knox está contento.

—No estaba seguro de que se alegrara de que volviera a formar parte de la empresa.

—¡Qué dices! Claro que sí. Sobre todo, después de la cuenta de Houston. Está pensando en cómo hacer que continúes en la empresa.

Holly se quedó mirando a Shelby con expresión de horror, pensando que no iba a permitirle a Noah que la dejara trabajando para Jeff después de que se cumpliera el año de matrimonio. Jeff parecía tan disgustado como ella y vio un brillo de irritación asomar a sus ojos grises.

—No, ni hablar. He accedido a trabajar temporalmente para le empresa; pero cuando se cumpla el plazo, me marcharé. No voy a implicarme en el negocio de la familia más de lo necesario —Jeff la miró—. Holly es de la misma opinión, a ella no le gusta nada estar en la oficina del rancho.

Holly se ruborizó cuando Shelby la miró y sonrió.

—No es posible que trabajar con Jeff no te parezca tan interesante como trabajar con Noah —comentó Shelby.

Holly sabía que el comentario había sido hecho en tono jocoso, pero no le había hecho gracia.

—Me temo que Jeff tiene razón —dijo ella—. Yo soy una mujer de ciudad, prefiero Dallas al campo de Texas. Cuando se cumpla un año, volveré a Dallas —dijo respondiendo a Shelby, pero mirando a Jeff.

Shelby sonrió, se inclinó hacia ella y le dio una palmada en la mano.

—No te lo reprocho. Yo prefiero Londres al rancho de Jeff. Los ranchos tampoco son para mí. Dame Dallas, Houston, Londres, París… pero nada de campo.

La atención de Shelby se volvió de nuevo a su sobrino.

–Sólo quería ponerte al corriente de la situación. Cuando me entere de lo que Knox decide hacer, te lo diré inmediatamente. Pero ya sabes que es un especialista en encontrar los puntos flacos de la gente, mira lo que te ha hecho a ti con el rancho.

–Sí, lo sé, pero no hay nada que quiera tanto como para quedarme en la empresa después del año. No hay otro rancho y por dinero no lo haría. Y si hay cambios en la oficina de Dallas, Holly se enterará antes que yo de ellos. Holly mantiene el contacto.

–Bueno, ya está bien de hablar de trabajo. Dime, Holly, ¿qué te ha enseñado Jeff de París?

–No mucho –respondió ella, ruborizándose de nuevo.

–En ese caso, voy a poner remedio al asunto esta tarde; es decir, si tú quieres. Podríamos ver algunos sitios de esta maravillosa ciudad.

–Me encantaría.

Jeff se echó a reír.

–Os acompañaré.

–Tú puedes hacer lo que quieras –dijo Shelby, sonriéndole a ella–. Pero es evidente que Holly quiere pasear por la ciudad.

–Sí que quiero y estaré encantada de ir contigo de visita turística.

Shelby se echó a reír.

–Bueno, ya que parece que hemos terminado de comer… ¿Nos vamos ya?

Holly ya se había dado cuenta de que Jeff no era el único despreocupado y encantador miembro de la familia, y comprendió por qué Jeff se llevaba tan bien con su tío y Noah con su padre. Noah era igual que Knox; sin embargo, Shelby parecía más el padre de Jeff que su tío.

Shelby y Jeff la tuvieron sumamente entretenida toda la tarde y le enseñaron maravillosos lugares de esa ciudad. Por fin, Shelby se detuvo y se miró el reloj.

–Bueno, voy a dejarte a solas con Jeff. Oblígale a que te pasee mañana, tarde y noche. Yo tengo que irme ya para tomar un avión.

–Me alegro mucho de haberte visto –dijo Jeff abrazando a su tío.

–Ha sido un placer –dijo Shelby antes de volverse a ella para tomarle la mano–. Eres una esposa maravillosa para Jeff. Espero que vuestro matrimonio sea próspero y sólido.

Después, Shelby le soltó la mano para darle un abrazo.

–Gracias –respondió ella, sorprendida por las últimas palabras de Shelby, ya que éste conocía lo superficial y temporal que era la naturaleza de su matrimonio.

Jeff le puso un brazo sobre los hombros mientras esperaban a que Shelby se alejara en el taxi que acababa de parar.

–Lo que mi tío ha dicho hace que me den ganas de perder un par de buenas cuentas para que papá me deje en paz y también deje de intentar que me quede en la empresa –declaró Jeff.

–No, no puedes hacerle eso a Noah –contestó Holly horrorizada.

–Ya lo sé y no voy a hacerlo. Noah no tiene la culpa de que mi padre sea tan manipulador. Pero no voy a trabajar para la empresa más de un año y tú tampoco.

—En eso tienes razón, Jeff –respondió ella con vehemencia.

Reanudaron el paseo, deteniéndose en otro puente del Sena.

—Esto es precioso, Jeff –dijo Holly, parándose para sacar una foto.

Después, Jeff le quitó la cámara y sacó una foto de ella. Cuando terminó, ella volvió de nuevo la vista al río y a la ciudad.

—Es una preciosidad. Siempre he querido venir aquí, pero pensaba que tardaría mucho en hacerlo.

Jeff la hizo darse la vuelta y la besó en la frente, sus ojos grises cálidos.

—¿Qué prefieres, ir a otro restaurante a cenar o volver al hotel y cenar en la habitación?

—Si estás dispuesto a salir del hotel mañana para reanudar nuestra visita turística, voto por cenar en la habitación –respondió Holly.

Jeff le rodeó la cintura con el brazo y la besó con pasión.

—Habitación del hotel –susurró ella.

—Ah, por fin estamos compenetrados otra vez. Lo ves, no siempre estamos en desacuerdo.

Holly le sonrió.

—Ha sido un día estupendo.

Pasara lo que pasase, jamás olvidaría París con Jeff.

En el momento en que entraron en la habitación del hotel, Jeff cerró la puerta y la abrazó. Sus ropas fueron sembrando el camino desde la puerta al dormitorio entre besos y caricias acompañadas de miradas apasionadas.

Se amaron lo que quedaba de aquel día y no salieron de la habitación hasta el día siguiente por la tarde para ir a pasear por la ciudad y cenar fuera.

Durante el transcurso de la semana se vio envuelta en pasión. Cada día que pasaba se llevaba mejor con Jeff y ambos descubrieron que tenían mucho en común a pesar de sus diferencias.

Holly durmió durante el vuelo de regreso a Estados Unidos. Abrazada a Jeff, soñó con las noches parisinas y los exquisitos pasteles franceses.

Durante el vuelo al oeste de Texas en el avión privado de Jeff, volvió a sentir rechazo a ir allí. Quería ir a Dallas, a una ciudad, pero se recordó a sí misma que no tenía elección. Ahora estaba casada con Jeff y eso lo cambiaba todo. Las noches de pasión compensarían las desventajas de vivir en aquel entorno.

El domingo por la tarde Jeff recibió una llamada telefónica, a la que ella no prestó atención. Después de colgar, Jeff le dijo:

—Una de las vacas está pariendo y tiene dificultades, así que voy a ir para ver si puedo ayudar. Hace una noche magnífica, ¿por qué no vienes conmigo en la camioneta? No creo que tenga que pasar mucho tiempo allí.

—¿La vaca no está en el establo?

—No. No se han dado cuenta de que estaba a punto de parir y la han dejado ir a los pastos.

—De acuerdo —respondió Holly—. ¿Voy bien con pantalones cortos?

—Estás maravillosa con pantalones cortos —respondió Jeff con los ojos en sus piernas desnudas.

–Bueno, vaquero, vámonos –dijo ella.

Fueron en la camioneta con las ventanillas abiertas. Al pasar unos arbustos, aparecieron a la vista dos luces y, alumbrados por ellas, dos hombres agachados al lado de una vaca.

–Ya hay dos hombres ahí, ¿por qué es necesario que vayas tú también?

–Puede que no sea necesario, pero quería ver cómo van las cosas.

–¿Has ayudado a parir a una vaca con anterioridad?

–Sí. Si quieres, puedes esperar afuera, en la parte posterior de la camioneta. O si lo prefieres, puedo enseñarte cómo ayudar a una vaca a parir.

–No, gracias. Me quedaré aquí, pero afuera, en la parte de atrás de la camioneta.

Jeff se quedó allí hasta que el ternero nació. Cuando quiso enseñárselo, ella no sintió ningún interés y sí algo de repugnancia.

El lunes siguiente, en Dallas, Holly alzó el rostro cuando Jeff entró en la oficina. Allí siempre vestía con traje, su aspecto era más profesional. Por supuesto, llevaba botas.

Jeff se sentó frente a ella y estiró sus largas piernas.

–¿Dispones de un momento?

–Sí. ¿Pasa algo?

–He recibido una llamada del presidente de Western Living. Quieren reunirse conmigo.

–Jeff, eso es maravilloso –dijo ella, consciente del prestigio de esa gama.

–He accedido a ir a Phoenix a la reunión, pero quiero que me acompañes. Ayudaste mucho en Houston.

Holly se sintió halagada y también le agradó la idea de que Jeff no la excluyera.

–Gracias. Me encantaría.

–Tomémonos un día más de vacaciones en Phoenix, ¿te parece?

–No me parece que tenga sentido –respondió ella–. Eso es holgazanear simplemente.

Jeff sonrió traviesamente y se puso en pie.

–¡Qué dices! Holly, tú ni siquiera conoces el significado de esa palabra. Vamos, prueba. Encontraré la forma de hacer que Phoenix te parezca interesante y así no creas que has perdido el tiempo.

–Lo que tú digas, Jeff –respondió ella, impaciente con la actitud de Jeff.

Al mirarle a los ojos, vio pasión en ellos, una pasión palpable y ardiente que la dejó sin respiración y sin capacidad de razonar.

–Dentro de una hora nos marcharemos. ¿Quieres que durmamos en un hotel, cenemos fuera y volvamos a casa mañana por la mañana?

–Me encantaría. Pero lo del hotel no es necesario, está mi piso. Podríamos quedarnos allí.

–¿Sigues teniendo el piso? –preguntó él con sorpresa.

–Sí. Ahora puedo permitirme pagarlo y me gusta tener un sitio para quedarme cuando estoy en Dallas.

–Muy bien. En ese caso, nos quedaremos en tu piso. Saldremos de la oficina a las cinco.

Holly asintió, consciente de que Jeff quería lo mismo que ella. Le vio marcharse del despacho mientras recordaba la noche anterior cuando hicieron el amor; de repente, quería estar fuera de allí y en los brazos de Jeff.

Le resultó imposible concentrarse en el trabajo, por lo que a las cuatro y media empezó a recoger. A las cinco menos cuarto estaba lista para marcharse y, cuando Jeff se asomó al despacho, el pulso se le aceleró.

–Vámonos.

–Muy bien –respondió Holly casi sin respiración.

En el momento en que entraron en su casa, Jeff la estrechó en sus brazos. Hicieron el amor con frenesí, a pesar de no haber pasado ni veinticuatro horas de la última vez.

Dos horas más tarde, ella seguía en sus brazos, saciada, aletargada y satisfecha.

–He pasado el día entero pensando en ti. Y esta tarde no podía concentrarme en el trabajo –dijo él.

–Debo admitir que yo tenía el mismo problema. Ahora estoy mejor.

–Podríamos llamar para que nos trajeran la cena aquí.

–No, has dicho que íbamos a salir a cenar esta noche. El resto de la semana, en el rancho, vamos a comer todo el tiempo en casa. Será mejor que me saques por ahí si quieres ganar puntos con tu esposa.

–De acuerdo, saldremos –contestó Jeff de buen humor–. Dime adónde quieres ir.

–Vas a correr un gran riesgo si elijo yo.

–No te preocupes, aquí estoy yo para despilfarrar. Sobre todo, si me prometes hacer el amor otra vez después de la cena.

–Volveremos corriendo.

–Trato hecho –dijo Jeff sonriéndole–. Holly, esto es estupendo. Espero que a ti también te lo parezca.

–Pero nuestro matrimonio tiene un plazo límite.

–Sí, es verdad. De lo que puedes estar segura es que jamás viviré en una ciudad.

Holly le miró a los ojos; sí, Jeff había hablado en serio.

–No era nuestra intención que esto durase. Es un matrimonio destinado al fracaso –declaró ella.

–Al fracaso no. Nuestro matrimonio es exactamente lo que nos propusimos que fuera, temporal. Nada de ataduras ni desilusiones amorosas porque no hay lazos emocionales.

Las palabras de Jeff le hicieron daño, a pesar de que eso era ridículo. ¿Acaso estaba empezando a sentir algo por él?

Más entrada la semana, tomaron un avión a Phoenix y salieron con tres clientes, el director general y dos vicepresidentes de una prestigiosa cadena con tiendas en cinco ciudades. Jeff les convenció para que vendieran la línea Cabrera. Esa misma noche, más tarde, al volver a la habitación del hotel, él la tomó en sus brazos y lanzó un grito de júbilo.

Holly, agarrándose a sus hombros, se echó a reír.

–Jeff, cállate. Nos van a echar del hotel.

–No, no nos van a echar, estamos en la suite más cara que tienen; y créeme, es cara. Aunque no me importaría estar en un motel porque lo único que quiero es una cama y a ti. Ha sido increíble. Has estado magnífica con esos tipos; no esperaban que una mujer tan hermosa pudiera saber tanto de cuentas y de gamas de productos. Gracias por venir conmigo.

–Ha sido una velada maravillosa, Jeff. Y tú has hecho un trabajo excelente –admitió Holly, una vez más impresionada con los logros de Jeff–. Ojalá volviéramos directamente a la oficina de Dallas. Noah se va a poner contentísimo.

–Eh, ¿se te ha olvidado que vamos a explorar Phoenix? Al demonio con la oficina de Dallas.

–Jamás te comprenderé –dijo ella completamente en serio–. ¿Cómo puedes ser tan bueno en este trabajo y no importarte en absoluto? Te da igual lo que piensen Noah, tu padre y el resto de la oficina. No entiendo tu actitud.

Poniéndose serio, Jeff la miró fijamente a los ojos.

–No me gusta el mundo de los negocios, eso es lo que no comprendes. A ti, por el contrario, te encanta el trabajo, vives para el trabajo, es lo más importante para ti. Supongo que a mí me pasa algo parecido con el trabajo en el rancho, pero no con la empresa de mi familia. No, nunca veremos las cosas de la misma manera en cuanto a eso se refiere.

Se hizo un tenso silencio durante unos momentos; entonces, Jeff volvió a sonreír y añadió:

–Al infierno con los negocios. Has estado maravillosa esta noche.

Agradecida, se abrazó a Jeff y se inclinó para besarle; después, él la llevó a la cama.

A la noche siguiente, de vuelta en el rancho y tras haber hecho el amor, Jeff se levantó de la cama y, al cabo de un momento, volvió con una caja pequeña en la mano.

–Para ti, mi amor.

Sorprendida, Holly abrió la caja y se quedó perpleja al ver el collar de brillantes.

111

—¡Jeff, es espectacular! —exclamó Holly jadeante, incapaz de creer que Jeff le hubiera comprado semejante joya.

—Quiero que te lo quedes —dijo él sacándolo de la caja—. Vuélvete.

Sintió el frío del collar alrededor del cuello. Se alzó el cabello para que él pudiera abrochárselo.

Holly se dirigió al espejo y se puso delante de él. Estaba envuelta en una sábana y las piedras preciosas brillaban.

—Jeff, es digno de una reina. No deberías haberlo comprado.

—Te lo mereces —contestó él—. Me has ayudado a conseguir dos de las mejores cuentas que tiene la empresa.

—Tú haces muy bien tu trabajo y, realmente, no me necesitabas.

—Podríamos pasarnos la noche discutiendo. Quédate el collar y ya está —Jeff la abrazó y la besó.

Hicieron el amor toda la noche.

Holly estaba en el despacho de Jeff cuando Noah llamó, por lo que pudo oír lo que Jeff decía por el teléfono. Pronto se dio cuenta de que Noah no hacía más que halagar a su hermano.

Cuando Jeff colgó el teléfono, se la quedó mirando.

—Imaginas lo que ha dicho, ¿verdad? Creo que Noah también te va a llamar a ti. Está encantado y ya ha hablado con mi padre.

—Tu padre va a querer que sigas en la empresa.

—Me da igual —respondió Jeff—. Este fin de semana me gustaría enseñarte el rancho que me ha dado mi padre por haberme casado. No lo has visto y creo que te gustará. Quiero enseñarte el rancho de la familia, mi abuelo fue quien lo compró.

Cuando ella asintió, Jeff sonrió.

–Iré, pero un rancho es un rancho, con caballos, vacas y en medio del campo –declaró Holly con un suspiro.

–Tomémonos el viernes libre y vayamos allí. Volveremos vía Dallas y pasaremos la noche en tu piso.

–Estupendo –respondió ella, pero sin entusiasmo.

–Bien, saldremos el viernes al mediodía. Ah, otra cosa, voy a participar pronto en un rodeo en Fort Worth y me gustaría que me acompañaras. Puede que lo pases bien.

–Jeff, no me hacen ilusión los rodeos; sin embargo, te acompañaré.

–Formamos un buen equipo –dijo Jeff.

Por primera vez, Holly se puso nerviosa al darse cuenta del tiempo que pasaban juntos. Ya había transcurrido el primer mes de su año de matrimonio. Quedaban once meses.

El fin de semana tomaron un avión más pequeño que tenía Jeff y se dirigieron al sudoeste, a San Antonio.

–Ésta es la zona alta de Texas. Me parece una zona preciosa –dijo Jeff.

Mirando hacia abajo, Holly se dio cuenta de lo que quería decir Jeff. Aterrizaron en la pista de un rancho y le sorprendió ver colinas verdes, bosques y flores silvestres.

–Esta zona es muy diferente, Jeff –dijo ella.

–Deberías ver esto en primavera.

Cruzaron un riachuelo de aguas cristalinas y continuaron en coche por una carretera encharcada. La casa del rancho era grande pero menos deslumbrante que la del otro rancho.

–Empiezo a comprender por qué querías este rancho.

–Tiene petróleo, ganado y caballos. Es un rancho sumamente productivo. Mañana tomaremos la camioneta y te lo enseñaré.

Pasaron allí el fin de semana y ella se preguntó por qué Jeff no se había trasladado a ese rancho, le parecía mucho mejor que el otro.

Durante el vuelo de regreso el domingo por la noche, se lo preguntó.

–Ahora mi casa está en el oeste de Texas, me gusta más. Lo que me gusta de él es justo lo que a ti no te gusta. Iré con frecuencia al rancho de la familia, pero mi casa está en el oeste de Texas.

–No lo comprendo –dijo Holly.

Pero no le extrañaba, no podía comprender a Jeff.

Capítulo Ocho

Jeff le estaba cambiando la vida; de no ser por él, jamás se le habría ocurrido ir a un rodeo. Y tenía un asiento de primera fila que Jeff había reservado para ella.

Le sorprendía lo entusiasmado que estaba Jeff.

Vio la monta de caballos salvajes y se preguntó cómo alguien podía querer hacer aquello. Disfrutó la carrera con barriles, lo único que no le asustó. Por fin llegó el turno de la monta de toros. Cerró los ojos. Oyó las exclamaciones del público y, al abrir los ojos, vio al participante tumbado en la arena y al toro pataleándole.

Los payasos, llamando la atención del toro, consiguieron alejarlo; unos hombres salieron al ruedo para llevarse al participante, que, con la ayuda de los hombres, consiguió salir del ruedo por su propio pie entre los aplausos del público.

Por fin, le llegó el turno a Jeff y el terror se apoderó de ella. Presa del pánico, contuvo la respiración y cerró los ojos, pero volvió a abrirlos ya que sabía que Jeff le iba a preguntar si le había visto.

Sonó la campana, los espectadores aplaudieron y Jeff saltó a la arena, sonrió en su dirección, se acercó a la barrera, la saltó y desapareció.

Holly lanzó un suspiro de alivio y se dio cuenta de

que había estado aterrorizada. Le importaba lo que a Jeff le ocurriera. ¿Se había enamorado de él sin darse cuenta? ¿Se había engañado a sí misma respecto a lo que sentía por Jeff? ¿Acaso lo mucho que le desagradaba el rancho le había impedido reconocer que se había enamorado de él?

De repente, Jeff apareció con una sonrisa en el rostro y se sentó a su lado.

–¿Qué te ha parecido? ¿Lo estás pasando bien?

Holly se lo quedó mirando. Quería abrazarle y llorar de alivio de que no le hubiera pasado nada.

–¿Cómo puede gustarte hacer esto? –le preguntó ella.

–Ya veo que no te ha hecho gracia verme montar –dijo él, y su sonrisa desapareció.

–Estaba muerta de miedo –admitió ella al tiempo que se agarraba las manos para evitar tocarle. Quería abrazarle y mantenerle a salvo en su abrazo.

Jeff le lanzó una mirada interrogante y le separó las manos.

–Estás asustada, ¿verdad? –preguntó Jeff en tono de sorpresa.

–Sí –respondió ella, enfadada por que Jeff arriesgara su vida tan a lo tonto.

–Estoy bien, no es peligroso. Bueno, a lo mejor lo es, pero he hecho lo que me gusta hacer. Me gusta competir y saber que puedo hacerlo. Cuando gano, me siento muy bien.

–¿Te has hecho daño alguna vez?

–Sí, claro, pero nada serio. Los huesos rotos se sueldan.

Holly se pasó una mano por los ojos, consciente de que nunca le comprendería ni le gustaría lo que hacía.

116

–Venga, vámonos. Esto no te gusta y no estás viendo nada.

Después de salir de la plaza, Jeff la abrazó y ella le apretó con fuerza.

–Tenía miedo por ti –dijo Holly al tiempo que trataba de contener sus sentimientos–. Jeff, es un deporte horrible.

Jeff sacudió la cabeza.

–No, no lo es. Es lo que hacemos los vaqueros; bueno, a parte de la monta de toros.

Holly le soltó y se apartó de él.

–Lo siento, pero esto no es lo mío.

–Cielo, creo que están llamándome por los altavoces. A lo mejor he ganado. Ven, vamos a ver.

Holly asintió, aún asombrada de haber descubierto lo que sentía por Jeff.

Se quedó observando mientras Jeff charlaba y reía con los organizadores del rodeo mientras recogía su premio.

Durante el trayecto de vuelta al rancho, ella se mantuvo callada; al contrario que Jeff, que rebosaba entusiasmo.

En el momento en que entraron en la casa, Holly se abrazó a él y le besó, aliviada de que hubiera sobrevivido. Le deseaba con desesperación, quería hacer el amor.

Desparramaron la ropa por toda la cocina e hicieron el amor en el sofá de cuero del cuarto de estar. Y cuando yacían de costado después de recuperar el ritmo normal de la respiración, Jeff preguntó:

–¿A qué se ha debido esto? No es posible que sea por el entusiasmo que te ha causado el rodeo.

–Tenía miedo por ti –admitió ella–. Quería cer-

117

ciorarme de que estás bien. No comprendo por qué participas en los rodeos; desde luego, no es porque necesites el dinero.

—Ya te he dicho por qué, es un reto.

Holly tembló y él frunció el ceño.

—Deja de preocuparte. Además, dentro de un año nos separaremos y no tendrá ninguna importancia para ti. Míralo así. Con franqueza, me halaga que te preocupes por mí.

Holly sintió el rubor de sus mejillas y apartó los ojos de los de él.

—Sí, claro, tienes razón. De todos modos, no voy a volver a un rodeo.

—Está bien. Bueno, vamos a darnos una ducha y a acostarnos —Jeff se puso en pie y, después de tomarla en sus brazos, se encaminó hacia las escaleras.

—Jeff, déjame en el suelo. Y vamos a recoger la ropa, no quiero que los empleados se encuentren mi ropa interior desperdigada por toda la cocina mañana por la mañana.

Jeff lanzó una carcajada y la dejó en el suelo.

—Somos una pareja de recién casados, no creo que Marc se vaya a asustar.

—No me importa. Yo voy a recoger mi ropa.

—De acuerdo, recogeré la mía también.

Antes de dormirse, volvieron a hacer el amor. Eran las tres de la madrugada cuando ella empezó a dormirse, y esperaba no soñar con el rodeo.

Después del desayuno y como era fin de semana, Jeff se fue a realizar algunos trabajos en el rancho. Aún le sorprendía la reacción de Holly respecto al rodeo; no sólo que no le gustara, sino que hubiera temido por su vida.

Había notado su miedo, su pánico, pero no podía imaginar que fuera porque se había enamorado de él. No le gustaba su estilo de vida, a menos que… ¿estaría cambiando?

Esa noche, cuando estaban los dos sentados en el patio después de la cena, con la mano de Holly en la suya, acariciándosela, le preguntó:

–¿Te gustaría tener tu propio caballo y salir a cabalgar algunas mañanas conmigo? Podría darte una yegua mansa. El campo de por aquí es precioso, Holly, y los amaneceres son espectaculares.

–No, gracias, Jeff. Monté a caballo de niña y no me hizo ninguna gracia. Tú vete a cabalgar si quieres, yo paso.

–Si no pruebas, no sabrás si te gusta.

–¿Como con el rodeo? No, me parece que no. Demasiado peligroso para mí –Holly suspiró–. Lo único que disfrutamos haciendo juntos es… –pero Holly cerró la boca al momento.

Divertido, él la vio sonrojarse.

–Vamos, termina lo que ibas a decir.

–Sabes perfectamente lo que iba a decir.

–Sí, claro que lo sé. El único sitio en el que nuestros intereses se compaginan es en la cama. El sexo, desde luego, es mucho mejor de lo que nunca podría haberme imaginado.

–Sorprendente, teniendo en cuenta todo lo demás –Holly parecía enfadada–. Bueno, no, también cuando trabajamos, a veces, nos entendemos muy bien. Cuando te lo propones, eres muy profesional y eficiente.

Jeff lanzó una carcajada.

–Pero la mayor parte del tiempo, en lo que al trabajo se refiere, no te lo parezco, ¿eh?

–Puede que no –admitió ella, ruborizándose de nuevo–. La mayor parte del tiempo te comportas de manera poco profesional y te tomas las cosas con demasiada tranquilidad; sin embargo, cuando no te queda más remedio, eres impresionante.

–Ven aquí –dijo él.

La deseaba y quería acostarse con ella. Tiró de su muñeca, la hizo ponerse en pie, la levantó en sus brazos y la llevó adentro.

–Estoy listo para impresionarte, como tú has dicho. Vamos a divertirnos un rato.

Jeff la llevó a la primera habitación que había en el piso bajo y, después de dejarla en el suelo, la abrazó.

La despertó el teléfono. Abrió los ojos en la oscuridad, momentáneamente desorientada. Jeff contestó la llamada. Ella miró el despertador y vio que eran las tres de la madrugada.

No tardó en darse cuenta de que había ocurrido algo.

–¿Dónde está? Ahora mismo me pongo en marcha. Tomaré el avión –Jeff colgó el teléfono y se levantó de un salto.

–¿Qué ha pasado? –preguntó ella.

Capítulo Nueve

–A mi padre le ha dado otro infarto y está en el hospital. Ha ocurrido hace una hora. Noah ha llamado tan pronto como ha podido. Me voy a Dallas en el avión.

–Te acompaño.

–Por mí, encantado; pero no es necesario que vengas.

Holly ya estaba saliendo de la habitación.

–Enseguida estoy lista –dijo mientras se dirigía al cuarto de baño para ducharse.

Al cabo de una hora estaban en el avión privado de camino a Dallas. Ella alargó una mano para tomar la de Jeff.

–Lo siento, Jeff. Espero que esté mejor cuando lleguemos.

–Gracias –respondió él agarrándole la mano.

Cuando llegaron al hospital, Jeff dio un abrazo a su madre; después, ésta se volvió para abrazarle a ella.

–Gracias por haber venido con Jeff, Holly. Es horrible –dijo la madre de Jeff secándose las lágrimas.

Noah le saludó y luego se volvió para hablar con Jeff, ella se apartó.

Había amanecido cuando Jeff se reunió con ella.

–El pronóstico es bueno. Está bajo vigilancia constante y hay una enfermera con él. Vámonos de aquí, le he dicho a mamá que la veré luego. Ha reservado una habitación en un hotel aquí al lado y Noah la va a llevar al hotel. Le he dicho que ya la llevaríamos nosotros, pero me ha dicho que me vaya contigo a descansar. Más tarde volveré para sustituirle, ahora vamos a tu piso.

Se marcharon a su piso. Después, cuando Jeff volvió al hospital, ella fue a la oficina.

Aquella noche Jeff y ella se reunieron en un restaurante.

–Te he echado mucho de menos –dijo él mientras la saludaba con un beso–. Papá está mejor –añadió Jeff cuando el camarero les dejó después de que pidieran las bebidas–. Creen que podrá volver a casa el fin de semana, así que nosotros podremos regresar al rancho.

Holly esperó haber logrado ocultar su desilusión respecto a marcharse de Dallas, aunque se alegraba de que Knox Brand estuviera mejor. Había disfrutado estando en la oficina central de la empresa, había sido más eficiente que en la oficina del rancho.

–Me alegro de que esté mejor, Jeff.

–El médico le ha dicho que se jubile, que deje por completo el trabajo. No sé cómo se lo va a tomar, pero Noah y mamá le están insistiendo para que siga la recomendación del médico. Estoy seguro de que el tío Shelby también ha hablado con él.

–Lo más seguro es que nombren a Noah presidente de la empresa.

–Sí, y lo hará muy bien. Sin embargo, tendrá que encontrar a alguien para que le sustituya a él como director general.

El camarero se acercó y les sirvió agua; después,

abrió una botella de vino y le dio a Jeff a probar en espera de su aprobación.

Tan pronto como volvieron a quedarse solos, Holly bebió un sorbo de vino. El teléfono de Jeff sonó en ese momento y se lo sacó del bolsillo para contestar. Habló con voz queda y ella no prestó atención a la conversación, pero le vio fruncir el ceño.

–¿Tu padre? –preguntó cuando Jeff guardó el teléfono.

–No, era Deke, del rancho. Me ha llamado para decirme que un animal está matando ganado. Si no lo encuentran antes de que vuelva a casa, iré con ellos a buscar al animal.

–¿A qué clase de animal te refieres?

–Debe de ser un felino, no imagino a un coyote atacando a animales tan grandes.

–Sigo sin entender que te guste esa clase de vida. ¿Vamos a volver al rancho esta noche?

–No, es demasiado tarde. Nos quedaremos para ver qué tal va todo con mi padre. Tú, entretanto, vuelve a la oficina si quieres. A menos que mi padre se ponga peor, regresaremos al rancho por la tarde, después del trabajo.

–Estupendo –respondió ella, y Jeff sonrió.

–Aquí estás mucho más contenta, ¿verdad?

–Sí. Igual que tú estás más contento en el rancho –contestó ella.

Al día siguiente, Holly volvió a la oficina; Jeff, por el contrario, fue al hospital. Se lamentó de que a Jeff no le gustara Dallas ni trabajar allí.

Esperaba ver a Noah más tarde. Estaba casi segura de que Noah iba a ofrecerle a Jeff el puesto de director general. ¿Rechazaría Jeff el cargo? Por su parte, no podía comprender cómo alguien podría rechazar la oportunidad de ser director general de Brand Enterprises.

Pensó en Jeff y reconoció que, a pesar de sus diferencias, se había enamorado de él.

El teléfono sonó, sacándola de su ensimismamiento.

A primeras horas de la tarde, cuando Noah llegó a la oficina, se enteró de que a Knox le iban dejar marcharse a su casa el viernes. Noah no mencionó ningún cambio en la empresa y ella no quiso preguntarle.

Jeff y ella volvieron al rancho a la mañana siguiente.

En el rancho, le vio cargando un fusil y una pistola.

—¿Cuántos vais a ir a la caza de ese felino?

—Creo que tres.

—¿Tres? No es suficiente. No vas a salir de la camioneta, ¿verdad?

Jeff se volvió y se la quedó mirando.

—No vamos a ir en una camioneta, haría demasiado ruido. Iremos a caballo.

—Un caballo no te va a proteger –dijo ella, más preocupada que nunca–. Jeff, podría pasarte cualquier cosa en un caballo.

Jeff movió el fusil.

—Voy armado. Vamos, deja de preocuparte, no vamos a correr ningún riesgo.

—¿Por qué te empeñas en hacer cosas tan peligrosas?

Jeff la miró fijamente y ella enrojeció.

–Te importo. Un mes atrás te habría dado igual que hubiera salido a pie a cazar felinos y osos, te habrías despedido de mí como si nada.

Jeff dejó el fusil en una mesa, junto a la pistola. A ella empezó a latirle el corazón con fuerza mientras Jeff se le acercaba, sus ojos grises indescifrables.

–Supongo que me importas; pero es natural, dada la intimidad que compartimos.

Jeff le puso las manos en los hombros.

–No tienes que darme explicaciones. Me siento halagado y me alegro de que no estemos peleándonos todo el tiempo, cosa que hacíamos al principio constantemente.

–Estamos casados, Jeff. Aunque se trate de un matrimonio de conveniencia, pasamos casi todo el tiempo juntos. Eso, por sí solo, genera cariño. E imagino que a ti te pasa lo mismo.

–Sí –respondió él sobriamente–. Me alegro de que haya cariño entre los dos, hace que todo sea mucho más fácil. Sé que no vamos a enamorarnos, pero me gusta que nos tengamos cariño, Holly.

–Voy a quedarme muy preocupada. Además, sé que os separaréis para buscar al animal, así que vas a quedarte solo.

Jeff le levantó la barbilla.

–Deja de preocuparte, no voy a correr riesgos innecesarios. Te aseguro que el animal no va a atacarme; por el contrario, es el animal el que tendrá miedo de mí.

–Eso no lo sabes. La clase de vida que te gusta es muy primitiva.

Jeff sonrió.

–Yo no diría eso –Jeff la besó y ella se abrazó a él.

Después, se separó ligeramente de ella y la miró–. Haces que me den ganas de no ir y quiera hacer otra cosa.

–Vamos, vete –dijo ella enfadada–. Pero sigo sin comprender la clase de vida que te gusta ni tu adición al riesgo y al peligro. Y tampoco entenderé nunca por qué nos atraemos el uno al otro.

–Yo tampoco –respondió Jeff con solemnidad.

Llegó la noche y Jeff no había regresado. Holly no dejaba de mirar. Pasaron las horas y estaba cada vez más nerviosa, con más miedo de que pudiera haberle ocurrido algo.

Cuando sonó el teléfono, dio un salto y corrió a descolgar. Contuvo la respiración y luego soltó el aire al oír la voz de Jeff.

–Hola, cariño –dijo él–. ¿Qué tal estás?

–Preocupada por ti. Gracias a Dios que has llamado. ¿Cuándo vas a volver?

–No creo que vuelva esta noche. Acuéstate. Y no te preocupes, cazaremos al animal si todavía está en esta zona. Te echo de menos –la voz de Jeff se tornó más ronca.

–Me alegro de que me eches de menos –respondió ella–. Ya estoy en la cama y también te echo de menos. Me gustaría que me tuvieras abrazada en estos momentos.

Jeff lanzó un gruñido.

–No me tortures, Holly.

–Entonces, ven. Duerme aquí esta noche.

–No puedo, pero no creas que es porque no quiero. Te llamaré si pasa algo. Buenas noches, mi amor –y, tras esas palabras, Jeff cortó la comunicación.

–Jeff Brand, eres un bárbaro. Detesto tu estilo de

vida –dijo ella en voz alta, consciente de que iba a sufrir mucho cuando se separasen.

¿Qué ocurriría cuando Noah le ofreciera el puesto de director general? Estaba segura de que Noah se lo ofrecería.

Eran las cuatro de la madrugada cuando la despertó el teléfono.

–Lo hemos cazado y acabamos de volver a casa, Holly –dijo Jeff con entusiasmo–. Quería llamarte antes de entrar en la habitación y despertarte. Estamos en el establo y mañana te enseñaré el felino.

–No te preocupes, no tengo ninguna prisa en verlo –respondió ella. El pulso se le aceleró al instante, Jeff estaba a salvo y pronto le tendría en sus brazos.

Colgó el teléfono, se sentó en la cama y encendió la lámpara de la mesilla de noche.

Oyó los tacones de las botas resonar en el suelo de madera antes de que Jeff abriera la puerta y entrara en la habitación. Jeff apareció y ella corrió a su encuentro. La levantó en sus brazos y giró una vuelta completa con ella. Jeff olía a sudor, a cuero y a loción para después del afeitado. Estaba feliz de encontrarse en sus brazos y de tenerle a salvo en la casa.

–Cielos, Jeff, qué preocupada me tenías –susurró ella antes de besarle.

Mucho más tarde, Holly estaba en los brazos de él escuchando su relato de los acontecimientos de aquella noche.

–Es un puma. Te lo enseñaré luego.

Holly no quería ver el puma, pero pensó que debería hacerlo para complacerle.

—Lo principal es que has vuelto sano y salvo.

Un tiempo después, en el corral, mientras veía a los hombres sacando fotos, volvió a sentirse abatida. Era un puma enorme, tan grande como los leones que había visto en el zoológico. Por lo que los hombres habían dicho, era Jeff quien lo había matado. Un logro más de lo que él se enorgullecería siempre y que a ella le horrorizaba.

Cuando entró en las oficinas centrales de la empresa el lunes por la mañana, un gran alivio la embargo al encontrarse en Dallas, aunque sólo fuera por un día.

Se preguntó si Knox renunciaría a su cargo de presidente de la empresa y se jubilaría por completo o si, por el contrario, arriesgaría su vida y permanecería como presidente.

Miró el calendario que tenía encima de su escritorio. Si ya estaba enamorada de Jeff, ¿cuánto más le querría después de un año entero de matrimonio?

El martes, con gran alivio de haberse marchado de Dallas, Jeff entró en su oficina en el rancho. Vio que tenía una llamada de Noah y le llamó, su hermano le dijo que estaba de camino al rancho y que llegaría en media hora.

Inquieto, se dirigió al despacho de Holly. Habían hecho el amor por la mañana y habían desayunado juntos; pero al entrar, le dieron ganas de cerrar la puerta, abrazarla y besarla. Sin embargo, sospechaba que ella no permitiría semejante actitud en el lugar de trabajo.

Holly alzó el rostro y se lo quedó mirando.

–No pareces muy contento. ¿Qué ha pasado?

–Acabo de hablar con Noah. Estará aquí dentro de media hora, quiere hablar conmigo de negocios.

–Imagino lo que quiere.

–No es necesario imaginar nada. Lo sabré en el plazo de una hora.

Las secretarias llegaron y Jeff les dijo que su hermano iba a ir. Al poco tiempo, Noah entró en su despacho, su aspecto tan profesional como siempre con un traje azul marino y corbata haciendo juego.

–Bueno, ¿a qué se debe esta visita? Siempre que vienes al rancho es por algo.

–Tienes razón –respondió Noah sonriendo–. Jeff, papá quería verme anoche. Faith, Emily y yo fuimos a su casa a cenar y, después de la cena, papá me llevó a su despacho para hablar a solas conmigo y me dijo que ha accedido a dejar la empresa del todo.

–Es una buena noticia, es justo lo que debía hacer.

–El tío Shelby está en su casa ahora; lo más seguro es que haya ido para felicitarle por su decisión, lo que hará que papá se arrepienta de lo que ha hecho.

Jeff se echó a reír, pero por poco tiempo, ya que sabía que Noah había mencionado la razón de su visita y le aterrorizaba lo que se le echaba encima.

–Vamos, di ya lo que quieres decirme de verdad.

–La junta directiva tendrá que aprobarlo, por supuesto, pero me van a ofrecer el puesto de presidente.

–Felicidades, Noah. Va a ser antes de lo que esperabas, pero te mereces el cargo. Serás un gran presidente.

–Gracias. Tienes razón, es lo que siempre he querido. Tú, Jeff, también has hecho un gran trabajo, cosa de la que estaba seguro. He hablado con papá del asunto y he venido para ofrecerte el puesto de director general. Tómate unos días para pensarlo antes de darme una respuesta, no te precipites a rechazar la oferta.

Jeff cerró brevemente los ojos y sacudió la cabeza.

–Te lo agradezco de veras.

–He venido hasta aquí para hablar contigo del asunto. Tendrías que trabajar en Dallas, pero no sería necesario que dejaras el rancho. Jeff, serías un director general magnífico. Al menos, piénsatelo. ¿Tan terrible te parece trabajar en Dallas?

–No –respondió Jeff, no queriendo decirle a Noah lo aliviado que se sentía cuando volvía al rancho porque era algo que su hermano nunca comprendería–, pero sólo voy a Dallas un día a la semana. Sin embargo, cinco días es completamente distinto. Eso significaría pasar allí la mayor parte del tiempo.

–Tendrías todo tipo de compensaciones económicas, serías muy rico. Por supuesto, sé que a ti eso del prestigio y los contactos no te impresionan.

–Tienes toda la razón, no me impresionan –contestó Jeff–. Me importan un pimiento.

–A veces no puedo creer que seamos gemelos.

–A mí me pasa lo mismo. Lo pensaré, Noah, y te agradezco que me hayas ofrecido el puesto, pero el mundo de los negocios no es para mí.

–Es difícil de comprender, teniendo en cuenta lo bien que se te da. Se entendería si no valieras para ello, pero no es el caso. Es más, haces que parezca lo más fácil del mundo. Quizá te resulte tan fácil por el hecho de no importarte en absoluto. En fin, jamás lo comprenderé.

–Ni Holly –comentó Jeff, y vio a su hermano arquear las cejas.

–Holly es de ciudad. En fin, reflexiona sobre el asunto y mira a ver si podrías aguantarlo, aunque fuera sólo por unos años. Cinco años, por ejemplo, no es mucho. Ganarías una fortuna.

–Noah, te lo agradezco, pero estoy seguro de que no tendrías problemas para encontrar a alguien capacitado para el cargo. Cualquier ejecutivo daría saltos de alegría si se lo propusieras. Tú mismo me has dicho que estabas preparando a Mason Cantrell para hacer el trabajo que estoy haciendo ahora. ¿No podría ser él el director general?

–Prefiero que lo seas tú. Sé que podría encontrar a alguien, pero… quizá lo que pasa es que me gusta trabajar contigo.

–Ya, entiendo. Somos muy competitivos cuando trabajamos juntos –dijo Jeff medio en broma.

Noah sonrió.

–Me gusta trabajar contigo. Por favor, piénsalo. Quiero que ocupes ese puesto. Me conformaría incluso con dos años.

–¿Dos años? –repitió Jeff, preguntándose cómo podría aguantar ese trabajo durante dos años. Un año ya le parecía cadena perpetua–. Noah, te prometo que lo pensaré y, de nuevo, gracias por ofrecerme el cargo.

–Te lo has ganado a pulso.

–Ya que estás aquí, ¿por qué no te quedas a comer? Holly se alegrará de verte.

–Bien, gracias. Le diré que intente convencerte; aunque puede que no tenga la influencia necesaria y, además, es posible que no le importe.

–Puede ser –dijo Jeff en tono ligero–. Lo que sí va

a pensar es que estoy loco si rechazo tu oferta. ¿Sabes una cosa, Noah? Deberías ofrecerle el cargo a Holly. Ella sería una buena directora general.

—No quiero pensar en eso todavía. Quiero que tú consideres la propuesta.

Jeff asintió.

—De acuerdo. Bueno, ya está bien de hablar de trabajo. Vamos a tomarnos un descanso porque quiero llevarte a un sitio que dan el mejor pollo frito de todo el sudoeste.

—Trato hecho.

Para alivio de Jeff, no hablaron de trabajo durante la primera parte de la comida; su hermano y él charlaron sobre el pasado y Holly parecía contenta oyéndoles contar anécdotas. Pero después, Holly y Noah se pusieron a hablar de trabajo y él dejó de prestarles atención.

Sabía que a él jamás le interesaría la vida de la empresa tanto como a ellos dos y también era consciente de que no aceptaría la oferta de su hermano.

—Holly, nuestro padre va a dejar la empresa por completo, va a dimitir como presidente. Se anunciará oficialmente pronto, pero voy a ser yo el presidente.

—Felicidades, Noah —dijo Holly—. Te lo mereces. Tu padre se quedará tranquilo sabiendo que ha dejado la empresa en buenas manos.

—Gracias. He venido porque quiero que Jeff acepte el puesto de director general.

Jeff vio como los ojos verdes de Holly se agrandaban y se clavaban en él.

—Le he dicho a Noah que lo pensaré —dijo Jeff sonriendo.

—Holly, utiliza la influencia que tengas en mi hermano y convéncele para que acepte. La empresa ya ha experimentado un incremento de beneficios por el trabajo que él ha realizado –dijo Noah.

–Jeff, te felicito –dijo ella con un entusiasmo que él no compartía.

–Sería magnífico que Noah y tú pudierais seguir trabajando juntos –añadió Holly.

Jeff se preguntó si no se le había ocurrido que pudiera rechazar la oferta de su hermano.

–Me siento halagado; pero, en el fondo, no soy más que un ranchero. Significaría que tendría que trabajar en Dallas.

Noah se echó a reír y Holly le miró con el ceño fruncido.

–Por favor, Holly, intenta convencerle –dijo Noah.

–Lo siento, pero me temo que no tengo tanta influencia con Jeff –respondió ella mirándole a los ojos.

Noah volvió el rostro y le miró.

–Jeff, tengo la impresión de que Holly y yo no vamos a convencerte –dijo Noah–. En fin, tenías razón, éste es el mejor pollo que he tomado en mi vida –entonces, Noah se miró el reloj–. Bueno, será mejor que me ponga en camino de vuelta a casa.

Transcurrió otra media hora hasta que Noah se marchó. Holly guardó silencio mientras regresaban al rancho en el coche.

–¿Quieres hablar de la oferta que Noah te ha hecho? –preguntó Holly por fin.

–Si quieres. Supongo que te gustaría hablar de ello.

–Cuando Noah lo comentó en mi presencia, creía que habías aceptado.

–¿No se te ocurrió pensar que iba a rechazarla? –preguntó Jeff con cierta sorpresa.

–No, no se me ocurrió. Sigo sin comprender por qué te gusta tanto el rancho, requiere trabajar día y noche. ¿Y vas a decirme que no te hizo ilusión conseguir la cuenta de Houston? –preguntó ella volviéndose ligeramente en el asiento para mirarle.

–En primer lugar, el rancho me encanta, igual que los trabajos que requiere; algunos rutinarios y otros fuera de lo cotidiano. Necesito que me dé el viento en el rostro, el sol, me gustan los caballos… Me siento libre, tengo suerte de estar donde estoy y haciendo lo que hago; sea domar caballos como ayudar a una vaca a parir o arreglar una valla. El trabajo en el rancho hace que, al final de la jornada, me sienta como si hubiera conseguido algo. Y eso no me pasa trabajando en Brand Enterprises.

–Eso es imposible, Jeff –dijo Holly con voz tensa.

–En fin, volvamos al rancho a hacer algo que nos gusta a los dos –dijo él.

–Se te ha presentado una oportunidad que a cualquiera le parecería un sueño –declaró ella enfadada.

–Sé que a mucha gente le encantaría que le hicieran una oferta así, pero no es lo que yo quiero. Como tampoco quería trabajar en Dallas durante un año.

Holly cerró la boca y volvió la cabeza para mirar por la ventanilla. Él sabía que Holly estaba disgustada y que no le comprendía.

Eran casi las dos de la tarde cuando llegaron al rancho. En vez de ir a la oficina, Jeff condujo hasta la casa y aparcó el coche en la parte posterior.

–Deberíamos ir a la oficina, hemos perdido ya mucho tiempo –dijo Holly disgustada e impaciente.

Mientras él rodeaba el coche para abrirle la puerta, ella salió y cerró de un portazo.

Jeff la agarró por el brazo.

–Tenemos que hablar, Holly. Vamos arriba para hablar sin que nadie nos moleste –dijo él, conduciéndola al interior de la casa.

–¿Es que vamos a tomarnos el día libre? –preguntó ella.

–Es posible. Vamos a hablar de la oferta de Noah. Mi hermano te ha dicho que intentes convencerme, así que aprovecha esta oportunidad para intentar convencerme.

–Yo no puedo influirte en nada –declaró ella.

–No estoy de acuerdo. Venga, vamos al dormitorio, ahí no nos molestará nadie.

Tan pronto como cerraron la puerta de la habitación, Jeff la abrazó. Holly estaba tensa y se le resistió, sus verdes ojos echaban chispas.

–Nunca te comprenderé. Te han hecho una oferta única y tú vas a rechazarla.

–No es lo que quiero hacer –contestó Jeff–. Le he dicho a Noah que voy a pensarlo y lo haré, pero también sé que, si rechazo la oferta, no tendrán problemas en encontrar a alguien para ocupar ese puesto. Y ahora, mientras lo pienso, hay algo que me interesa mucho más –dijo él estrechándola contra sí.

–Deberíamos volver a la oficina.

Jeff la besó con pasión.

–Te deseo –susurró él.

Holly siguió resistiéndose durante unos segundos, pero pronto se inclinó hacia él. Holly era suave, olía a miel y quería pasar el resto del día besándola y haciéndole el amor.

Le desabrochó los botones de la camisa de seda negra mientras la besaba y luego el sujetador, le subió la temperatura al llenarse las manos con los senos. El deseo escapó a su control y el mundo, a excepción de Holly, dejó de existir.

La suavidad de ella era una tentación, sus besos eran fuego. Quería poseerla, que Holly le recibiera. El sexo con ella era espectacular y su pasión continuaba aumentando.

Mientras le acariciaba un pezón con una mano, con la otra le bajó la cremallera de los pantalones, deslizó la mano por debajo de las bragas y la acarició íntimamente, haciéndola gemir de placer, lo que intensificó su propio placer.

Bajó la cabeza para besarle y chuparle el pecho, y sintió las manos de ella por su espalda.

—Holly —susurró Jeff mientras se quitaba los pantalones y los calzoncillos.

Holly le miró con ojos ensombrecidos por el deseo. Él la levantó y apoyó la espalda en la pared. Cuando la penetró, Holly lanzó un grito y le dio un ligero mordisco en el hombro.

Gritando una vez más, Holly alcanzó el clímax y él perdió el control, moviéndose dentro de ella furiosamente hasta lograr el orgasmo.

Poco a poco, sus respiraciones recuperaron el ritmo normal.

—Eres maravillosa, mi amor —murmuró Jeff besándola repetidamente hasta dejarla de pie en el suelo.

—Jeff, te estás aprovechando de mí —susurró Holly.

—¿Sí?

Holly le miró y sonrió.

—Sí. Sabes perfectamente que no iba a hacer el amor.

Jeff la tomó en sus brazos.

–Vamos a darnos una ducha.

–Esto no cambia en nada lo que pienso de la oferta de Noah. Y sigo sin comprender por qué vas a rechazarla.

–Le dije que lo pensaré y lo haré, pero no creo que cambie de idea. Holly, tengo dinero suficiente para hacer lo que me plazca –le recordó él.

Holly asintió, pero frunció el ceño.

–Venga, vamos a darnos una ducha y luego iremos a trabajar –dijo Jeff, volviendo a dejarla en el suelo.

¿Le resultaría posible darse una ducha con ella y no volverse a excitar sexualmente?

Capítulo Diez

Eran las tres de la tarde cuando regresaron a la oficina y Holly se dirigió directamente a su despacho. Dejó la puerta abierta y pasó el resto de la tarde sola, sin dejar de dar vueltas en la cabeza a los acontecimientos de la mañana.

Sabía que su relación con Jeff iba a acabar en desastre. A pesar de sus diferencias, estaba realmente enamorada de él, cosa que seguía sorprendiéndola.

Con un suspiro, intentó concentrarse en el trabajo, pero sin conseguirlo, no podía dejar de pensar en Jeff. ¿Cómo podía querer rechazar ser el director general de Brand Enterprises? Era el trabajo del siglo. Una nueva oleada de irritación la embargó al pensar en la obstinación de él. Era consciente de que Jeff, aunque le había prometido a su hermano pensarlo, iba a rechazar la oferta.

¿Cómo se le había ocurrido enamorarse de un hombre al que jamás comprendería? Era como si su vida estuviera escapando a su control.

Debería haber dejado la empresa cuando Noah le anunció que iba a trabajar para Jeff.

Jeff entró en la oficina de Noah y cerró la puerta. Su hermano se recostó en el respaldo del asiento.

–Buenos días. Supongo que has cerrado la puerta porque has tomado una decisión ya y vas a contármela, ¿no?

–Sí, así es. Lo he pensado y sabes que te estoy enormemente agradecido.

Noah sonrió.

–Lo comprendo, Jeff. Siempre pensé que era por papá por lo que te habías marchado, pero no es así, ¿verdad?

Jeff reflexionó un momento antes de contestar.

–No, no me fui por él. Soy un ranchero y me encanta el rancho. Estoy esforzándome mucho para que vaya bien…

–Estás haciendo más que eso –le interrumpió Noah–. Sé que tienes dinero de la empresa, de nuestro fideicomiso, de las inversiones en el petróleo, pero también el rancho te da muchas ganancias.

–Voy a rechazar tu oferta. No puedo soportar la idea de volver.

–No me sorprende, pero quería ofrecértelo a ti antes que a nadie.

–Te lo agradezco, Noah.

Noah asintió.

–Sugeriste a Holly para el puesto y creo que tienes razón. Y de eso precisamente quería hablarte. Holly tendrá que volver a Dallas, ¿estarías dispuesto a dejarla venir? ¿Haría eso que tu trato con papá se cancelara, a pesar de que ya te ha dado el rancho?

Jeff sintió un nudo en el estómago y le sorprendió.

–Seguiremos comportándonos como un matrimonio normal de cara al exterior. No creo que papá vaya a sospechar nada. En cuanto a mí, me parece bien –respondió él en tono ligero, pero sabía que no estaba siendo sincero con Noah, algo que nunca había hecho.

Noah empequeñeció los ojos y se lo quedó mirando.

—Estás mintiendo —declaró Noah.

Jeff respiró profundamente.

—Creo que deberías ofrecerle ese puesto a Holly y sé que ella lo aceptará sin pensárselo dos veces. Creo que es justo.

—Te estás volviendo muy altruista —comentó Noah.

—Me enfrento a los hechos, nada más. Sé que a ella le encantaría ser directora general y sabrá hacer bien el trabajo.

—En eso estamos de acuerdo. En fin, me alegraré de tenerla de vuelta aquí.

—De todos modos, los dos sabíamos que nuestro matrimonio es sólo algo temporal.

—No comprendo cómo pudisteis hacer semejante trato. Pero sí, claro que lo comprendo, tú querías el rancho y ella quería el dinero que tú le ofreciste.

—Exacto —Jeff se puso en pie—. Me marcharé para que hables tú con Holly. Me alegro por ella. Noah, de nuevo, gracias.

—Lo he intentado. Me gusta trabajar contigo. Cuando te vayas, dile a Holly que quiero hablar con ella. ¿Por qué no vamos los tres a almorzar juntos para celebrarlo? Es decir, si acepta, como tú dices que hará.

A Jeff le sorprendió el disgusto que sentía ante la idea de verla tan poco de ahí en adelante. Y sabía que Holly se marcharía del rancho tan pronto como le fuera posible.

Jeff entró en el despacho de Holly y cerró la puerta tras sí.

–Noah quiere verte –dijo avanzando hacia ella.

–Está bien. ¿Por qué has cerrado la puerta para decirme eso?

Jeff se acercó al escritorio y, sin titubear, la hizo ponerse en pie y la besó.

¿Querría seguirle viendo los fines de semana? Ella tenía que cumplir con su parte del trato y continuar casada con él, aunque sólo fuera de cara al exterior, durante un año.

Holly malinterpretó el motivo del beso.

–Has rechazado la oferta de Noah, ¿no es cierto?

–Sí, lo he hecho. Siento desilusionarte, pero de cara al futuro no tendrá importancia para ti. Seré mucho más feliz así.

Aunque Holly asintió, él le notó en la expresión que censuraba su decisión.

Holly se sentó delante del escritorio de Noah dispuesta a tomar notas de lo que él quisiera hablar con ella.

–¿Qué es lo que vamos a tratar?

–Supongo que ya sabes que Jeff ha rechazado el puesto.

–Sí. Noah, he intentado convencerle, pero…

Noah alzó una mano.

–No te preocupes, Holly, conozco a mi hermano. No es por eso por lo que quería verte, sino para ofrecerte el puesto de directora general.

Perpleja, Holly se lo quedó mirando.

–¿Yo? Noah, no puedo creerlo. Por supuesto, me siento halagada y te doy las gracias, pero… ¿Qué les parecerá a los de la junta directiva y a tu padre? Puede que no estén de acuerdo.

–Ya he hablado en privado con los miembros de la junta y todos han aceptado. Mi padre también. Mi padre está convencido de que, si trabajas aquí, acabarás convenciendo a Jeff de que se quede más tiempo trabajando en la empresa. A todos les parece que puedes hacer el trabajo y que lo harás bien.

Una gran ilusión la embargó.

–Noah, estoy encantada. Por supuesto que acepto.

–Sé que puedo contar contigo. Naturalmente, tendrás que volver a vivir en Dallas. Jeff y tú tendréis que arreglar vuestros asuntos en cuanto a este matrimonio de conveniencia se refiere, pero no creo que Jeff ponga ninguna objeción.

Holly estaba deseando contárselo a Jeff.

–Voy a ir a hablar con Jeff. ¿Le has dicho que me ibas a ofrecer el puesto?

–Sí. En realidad, ha sido idea suya.

Esta vez, la sorpresa le dolió.

–¿Que ha sido idea de Jeff?

–Sí. Le parece que eres perfecta para el cargo y tiene razón.

Apenas prestó atención a la respuesta de Noah. Si Jeff la había propuesto para el cargo, significaba que no le importaba que se fuera a vivir a Dallas y que no se vieran. Por segunda vez, se sintió abandonada por el hombre de su vida. Su primer novio la había abandonado y había roto su compromiso matrimonial de repente.

Ahora, Jeff estaba haciendo lo mismo. Le dolía y tenía dificultad para concentrarse en lo que Noah le estaba diciendo.

–Perdona, pero es que ha sido todo tan imprevisto que… no he oído lo que me estabas diciendo –dijo Holly avergonzada.

–Comprendo que estés excitada. No quiero que se entere nadie en la empresa todavía, hasta que esté todo más claro. Tú ocuparás mi despacho, yo voy a ocupar el de mi padre. Tómate un día libre para hablar con Jeff de vuestro futuro y para que lo celebréis.

–Gracias, Noah. De verdad, no sabes cuánto te agradezco esta oportunidad.

–Harás un buen trabajo. Buscaremos a alguien para que te sustituya en el rancho de Jeff. Los dos tendréis que hacer cambios en vuestro acuerdo matrimonial, pero sé que no os va a suponer ningún problema.

–No, ninguno –respondió ella con voz tensa, profundamente dolida de que Jeff quisiera apartarla de su vida–. Noah, me gustaría dejar el trabajo con Jeff en el rancho desde ahora mismo. Podría seguir trabajando en mi despacho hasta que todo esté listo.

Noah se quedó pensativo un momento.

–Sí, bien. Algunos se preguntarán por qué, pero dudo que nadie piense demasiado en ello. De acuerdo, hecho. Sé que Jeff no pondrá objeciones. Puede que no le guste, pero lo aceptará.

Apenas consciente de lo que hacía, Holly salió del despacho de Noah, se dirigió al suyo, recogió y se marchó a su piso.

Estaba dolida y enfadada consigo misma por haberse enamorado de Jeff, de un hombre que no la amaba.

Desgraciadamente, esta vez el sufrimiento era mayor que la vez anterior. Estaba mucho más enamorada.

En su casa, lloró hasta que no le quedaron más lágrimas por derramar; después, empezó a pensar en el futuro y en lo que iba a hacer. Tenía que despedirse de Jeff, algo fácil para él. Debía llevarse las cosas que tenía en el rancho. No le quedaba más remedio que permanecer casada con él durante el resto del año para cumplir con su parte del trato, pero el matrimonio sería sólo nominal a partir de ese momento.

Jeff estaba en la oficina de Dallas ese día, así que se lavó la cara, se cambió de ropa y, aprovechando que él estaba en la ciudad, se marchó al rancho para recoger sus cosas.

Estaba llevando lo último que le quedaba al coche cuando Jeff detuvo su vehículo y salió de él.

—Eh, ¿qué haces? ¿Por qué no me dijiste que ibas a venir al rancho? —al aproximarse, la sonrisa desapareció de su rostro—. ¿Qué pasa?

—Supongo que tenemos que hablar.

—Aquí hace mucho calor, vamos dentro y tomemos una limonada o cualquier otra cosa fresca —sugirió Jeff agarrándola del brazo.

El corazón le dio un vuelco y deseó no sentir nada por él. El sufrimiento le tenía encogido el corazón.

En cuestión de minutos, entraron en el estudio de Jeff con dos vasos de limonada y cerraron la puerta.

—Gracias por sugerirle a Noah que me diera el cargo de directora general, Jeff. Me ha ofrecido el puesto y yo lo he aceptado.

—Sí, ya me lo ha dicho —dijo Jeff en voz queda, acercándose a ella—. Vamos a sentarnos.

Holly se sentó en un sillón de orejas y él frente a ella en otro.

—Eso significa que, de ahora en adelante, voy a vivir en Dallas otra vez —declaró Holly haciendo un esfuerzo por no echarse a llorar.

144

–Si eso es lo que quieres… –una chispa de ira asomó a sus ojos grises–. Sé que estás deseando marcharte de aquí, nunca te ha gustado este sitio.

–Es lo que quiero hacer. Noah ha dicho que te buscará a otra persona para hacer el trabajo que yo estaba haciendo aquí.

–Siento tener que obligarte a seguir casada conmigo hasta que se cumpla el año, pero es la única forma de que me quede con el rancho que me ha dado mi padre.

–Lo sé.

–Te voy a echar de menos, Holly.

Holly se levantó y él se puso en pie al instante. Ella le tendió la mano.

–Ha sido una experiencia muy agradable y lucrativa –declaró ella.

Jeff le tomó la mano y se la estrechó.

–Sí, Holly –respondió Jeff–. ¡Ah, qué demonios! –en ese momento, Jeff la rodeó con los brazos y la besó dura y posesivamente.

Ella se aferró a Jeff con el dolor de saber que era su último beso. Por fin, jadeante, se separó de él.

–Jeff, dejémoslo. Nuestra relación sexual ha sido buena, pero se ha acabado. En fin, tengo que marcharme ya. A parte del sexo, no ha habido unión entre los dos.

–De acuerdo, Holly.

Jeff la acompañó hasta el coche.

–Te veré en Dallas. No vas a volver por aquí, ¿verdad?

–No, no volveré –respondió Holly con un nudo en la garganta–. Adiós, Jeff. Gracias por recomendarme para el cargo.

Jeff asintió y ella se marchó rápidamente para evitar que viera las lágrimas que empezaron a resbalar por sus mejillas. No soportaba llorar, pero no podía evitarlo. Agarró un pañuelo de celulosa y se secó los ojos; después, miró por el espejo retrovisor y lo vio de pie en medio de la carretera esperando a que desapareciera de la vista.

–Adiós –susurró ella–. Te amo.

Jeff la vio alejarse, consciente de lo mucho que iba a echarla de menos.

–Maldito seas, Noah –dijo en voz alta.

No soportaba la idea de perder a Holly, aunque sabía que lo superaría; hasta entonces, siempre había sido así con todas las mujeres con las que había tenido relaciones.

Jeff estaba nervioso y expectante el lunes siguiente durante el trayecto a Dallas. Iba a comer con Noah y Holly para celebrar la toma del nuevo cargo de ella.

Al llegar a las oficinas de la empresa, se dirigió directamente al despacho de Holly y llamó a la puerta. El pulso se le aceleró, lo único que quería era cruzar la estancia y tomarla en sus brazos. En vez de hacer eso, se limitó a saludarle.

–¿Qué tal todo?

–Bien. Mañana van a anunciar oficialmente mi nuevo cargo. Todo ha ido más rápido de lo que Noah creía.

–Felicidades. Deja que te invite esta noche para celebrarlo.

–Lo siento, pero ya tengo otro compromiso –respondió ella–. En otra ocasión, Jeff.

Jeff asintió. La deseaba y sabía que lo mejor que podía hacer era salir del despacho inmediatamente.

–En ese caso, hasta la hora de la comida, Holly –dijo él con desilusión.

Salió de la oficina y el ambiente se le antojó asfixiante. La deseaba y no tenía ganas de trabajar.

El almuerzo le resultó una tortura. Cuanto más tiempo pasaba con ella más la deseaba.

Holly había ido al restaurante en coche con Noah y él había ido solo. Al terminar la comida, él le había ofrecido llevarla de regreso a la oficina, pero ella, educadamente, le había rechazado y había vuelto con Noah. Estaba claro que Holly tenía intención de apartarle de su vida por completo.

Por la noche, durante el trayecto de vuelta al rancho, se dio cuenta de que trabajar para Noah durante el tiempo que le quedaba hasta que el año se cumpliera le iba a resultar insoportable. Echaba mucho de menos a Holly.

Sentado en el patio con una cerveza en la mano y mirando a las estrellas no tuvo más remedio que enfrentarse a la idea de que se había enamorado de Holly y que no se había atrevido a reconocerlo.

¿Podría conseguir que volviera con él? No, no lo creía. Holly detestaba el rancho, le encantaba su nuevo trabajo y también Dallas.

Era él quien debería haber aceptado el cargo, seguir trabajando para la empresa y tener a Holly en su vida. ¿Habría dejado el rancho por ella? Empezaba a pensar que sí. Si decidía trabajar en Dallas, Noah le encontraría un despacho inmediatamente. Podría seguir con su trabajo y vivir en la ciudad. ¿Le daría eso una oportunidad con Holly? ¿Podría soportar vivir en Dallas?

Quizá fuera mejor que el infierno que vivía en esos momentos.

Capítulo Once

Holly se puso un traje negro para ir a trabajar, el negro estaba en concordancia con su humor. Echaba de menos a Jeff; echaba de menos su compañía, el apasionado sexo, su amistad, su relajada manera de ser, su encanto… todo. Sufría y estaba profundamente enamorada de Jeff, sentía por él esa clase de amor que duraba toda la vida. Sus diferencias habían dejado de tener importancia.

Tampoco le importaba el trabajo, lo único que sabía era que no quería ir a la oficina y no verle. No podía pensar en el trabajo ni en nada que no fuera él. Incluso Noah había notado el cambio y le había preguntado si se sentía bien en más de una ocasión.

¿La echaba de menos Jeff? No lo creía. Ni siquiera le había llamado. Se pasaba la semana esperando que llegara el lunes y, al mismo tiempo, odiaba los lunes. De repente, Jeff había dejado de ser el que era y se comportaba con ella de forma profesional y distante, la trababa con la educada cortesía que mostraba con las secretarias que trabajaban para él.

Incluso echaba de menos la tranquilidad del rancho.

El teléfono sonó, se apresuró a descolgar el auricular y oyó la voz de Jeff. El corazón pareció querer salírsele del pecho.

–Holly, voy a ir a Dallas al mediodía para llevar un caballo que he vendido. Me gustaría invitarte a cenar esta noche. ¿Estás libre?

–Sí, estoy libre. ¿Quieres que me reúna contigo en algún sitio en particular?

–Pasaré por tu casa para recogerte a las seis y media. ¿Puedes a esa hora?

–Sí, claro –respondió ella–. Estaré lista.

–Me gustaría hablar contigo –dijo Jeff.

–De acuerdo –contestó ella, preguntándose de qué querría hablarle Jeff.

–Entonces, hasta luego –tras esas palabras, Jeff cortó la comunicación.

Holly se miró al espejo y decidió salir del trabajo a las cinco de la tarde con el fin de tener tiempo para cambiarse y arreglarse para la cena.

Pasó el día entero intentando adivinar por qué Jeff quería hablar con ella. A excepción de los lunes, que le veía de paso, llevaba tres semanas sin estar con él. Tres semanas de puro infierno.

Aquella tarde, Holly se puso un vestido azul sin mangas con escote de pico y cuya falda tenía una raja a un lado que le subía a medio muslo. Se dejó el pelo suelto y veinte minutos antes de la hora estaba lista.

Cuándo el timbre sonó, corrió a abrir. Jeff estaba guapísimo con su traje gris oscuro. Se le secó la garganta y temió que Jeff pudiera oír los latidos de su corazón.

–Pasa –dijo ella cediéndole el paso.

Los ojos grises de Jeff oscurecieron al mirarla intensamente mientras cerraba la puerta tras sí.

–Estás deslumbrante –dijo él con voz ronca–. Te echo de menos.

Mientras le miraba, no sabía qué decir. Lo único que quería era arrojarse a sus brazos.

–Estaba equivocada, Jeff –susurró ella.

–Y yo.

Jeff la rodeó con los brazos y la besó.

La cabeza empezó a darle vueltas y le devolvió el beso con pasión.

Jeff dejó de besarla para mirarla.

–Te amo, Holly –dijo él, y ella pensó que iba a desmayarse.

–Jeff, mi amor… Yo también te quiero. El trabajo no vale la pena. Fuiste tú quien le dijo a Noah que me diera este cargo y yo creía que lo hiciste porque querías apartarme de tu vida.

–Nunca –Jeff lanzó un gruñido–. No puedo dormir, no puedo trabajar, no puedo hacer nada.

Jeff volvió a besarla y fue el final de la conversación. La tomó en sus brazos, la llevó al dormitorio y le hizo el amor durante las dos horas siguientes.

Más tarde, la tenía abrazada: los dos desnudos, satisfechos, con las piernas entrelazadas, y ella con la cabeza en su pecho.

–Holly, te echo de menos y estoy dispuesto a trabajar en Dallas si con eso consigo tenerte a mi lado –dijo él con solemnidad–. Quiero que nuestro matrimonio sea de verdad. ¿Quieres volver a casarte conmigo?

Sorprendida y feliz, derramó lágrimas de alivio.

–Sí, Jeff, lo haré. Incluso he echado de menos el rancho. No es necesario que pases en Dallas todo el tiempo. Lo único que quiero es estar contigo.

–Cuando te propuse para el cargo no lo hice porque quisiera deshacerme de ti, lo que pasa es que no se me ocurrió pensar que te apartaría de mi vida. No me había atrevido a reconocer lo que sentía por ti, no me había dado cuenta de lo enamorado que estoy de ti. Es la primera vez en la vida que me enamoro de verdad.

Holly se entregó a él, le besó y puso fin a la conversación durante otra hora.

Más tarde, a medianoche, sentados a la mesa de la cocina y comiendo unos bocadillos, Jeff dijo:

–Te he traído una cosa.

Jeff salió de la cocina, volvió con una caja pequeña y se la puso en la mano.

Cuando Holly abrió la caja, lanzó un gemido al ver la enorme esmeralda rodeada de brillantes.

–Jeff, es maravilloso.

–Con este anillo, te desposo; real, verdadera y eternamente enamorado –declaró él deslizándole el anillo en el dedo.

Holly le besó y la conversación volvió a interrumpirse hasta mucho más tarde.

–Jeff, podemos vivir en el rancho.

–Te he dicho que viviría en Dallas.

–Quizá tú podrías trabajar aquí dos días a la semana y puede que Noah acceda a que yo trabaje en el rancho un día a la semana. Estaríamos algún día separados, pero sabiendo que nos queremos podremos soportarlo.

–Me parece un buen plan.

Sonriendo y sintiendo una felicidad desbordante, Holly se abrazó a él.

151

Epílogo

Un año más tarde…

De pie, al lado del bar del enorme cuarto de estar de su mansión, Knox Brand, chocando la copa suavemente con un tenedor para acaparar la atención de los presentes, alzó la voz:

–Atención, por favor.

La familia y los amigos íntimos callaron y se volvieron hacia Knox.

Holly vio a su marido acercársele antes de rodearle la cintura con el brazo. Levantó los ojos y vio la cálida mirada de Jeff, llena del mismo amor que ella sentía.

–Nos hemos reunido aquí esta noche para celebrar la inminente llegada de nuestro segundo nieto… mejor dicho, nieta, la segunda, motivo por el que Holly va a dejar el trabajo. Felicidades, Holly –Knox alzó su copa y todos los presentes aplaudieron.

Holly se echó a reír por el alboroto que causó el anuncio de que iba a dejar el trabajo.

–Estamos encantados de que Jeff y Holly pasen aquí, en Dallas, la mayor parte del tiempo. Queremos agradecer a Holly todo lo que ha hecho por la empresa y desearle lo mejor en su nuevo trabajo, el de madre.

Otra ronda de aplausos y Jeff se inclinó para besarla.

–Amigos –dijo Noah, dejando en silencio a los invitados una vez más–, voy a quitarle la palabra a mi padre, si me lo permitís. Holly ha hecho un trabajo magnífico. Hemos tenido la suerte de que se enamorara de mi hermano, se casara con él y se convirtiera en otro miembro de la familia Brand. En el trabajo, sentimos mucho perderla, pero comprendo sus motivos y le agradeceré siempre su talento y lealtad. Os deseamos a Jeff y a ti lo mejor. Por vosotros, por la segunda nieta de papá y mamá, y por la prima que le vais a dar a Emily –Noah alzó su copa a modo de brindis y el resto de los reunidos se le unió.

La fiesta resultó perfecta. En el patio, las parejas bailaban al compás de la música de la banda de música. La piscina estaba llena de niños y Noah tenía a Emily en sus brazos.

Holly miró a la niña de Noah, que tenía el cabello rubio de su madre y los ojos grises de su padre, una niña preciosa. Se preguntó si su hija tendría el cabello castaño o negro, los ojos verdes o azules. Lo sabría al cabo de dos meses.

–Si alguna vez quieres volver a la empresa, no tienes más que decírmelo. Y otra cosa, no sé cómo has conseguido que Jeff acceda a quedarse seis meses más –le dijo Noah.

Holly sonrió y miró a Jeff, que sonreía traviesamente mientras le rodeaba la cintura.

–Vamos a pasar en Dallas la mayor parte del tiempo por el bebé –dijo Jeff–. Holly ha expuesto sus razones, todas lógicas, y también me ha dicho que te debía seis meses más por lo menos.

–Gracias de nuevo, Holly. He dicho completamente en serio lo de que te voy a echar de menos en la empresa.

–Lo que tú pierdes lo gano yo –comentó Jeff–. Y ahora espero ver mucho más a mi mujer, ya que la has tenido trabajando sin parar durante este último año.

–No me importaba, Noah, en serio –protestó ella.

–Emilio –dijo Jeff al abuelo de Faith–. Ven con nosotros.

–¿Con vosotros, los jóvenes? No voy a hacer más que molestar.

–Claro que no –dijo Faith tomando a su abuelo por el brazo.

–Bueno, la verdad es que me gustaría tener a mi bisnieta en los brazos –dijo Emilio, y Emily se inclinó hacia él inmediatamente–. Creo que alguien tiene sueño. Deberíamos ir a buscar una mecedora –dijo el anciano con la niña–. Si nos disculpáis…

Emilio se marchó y Noah rodeó los hombros de su mujer con un brazo.

–Jeff, estas mujeres nos han cambiado la vida. Debo decir que Holly ha logrado civilizarte un poco.

Jeff se echó a reír.

–Mira quién habló. Faith te ha hecho algo menos competitivo, ya no tienes que ganar siempre y a toda costa.

–Te lo recordaré la próxima vez que compitamos por algo –comentó Noah con ironía.

Holly se sentía feliz y llena de amor mientras oía hablar a los dos hermanos, consciente de que había algo de verdad en sus palabras. No parecían tan competitivos el uno con el otro y también estaban más unidos. Sospechaba que, cuando Jeff y ella tuvieran a la niña, las dos familias se sentirían aún más unidas.

Ya contaba a Faith como a una de sus mejores amigas. Aún le sorprendía que Faith se hubiera casado con Noah, cuya personalidad fría y profesional era lo opuesto a la naturaleza relajada y alegre de Faith. Era algo parecido a lo que les pasaba a Jeff y a ella; no obstante, cada día que pasaba con él le gustaba más. Su amor no tenía límites.

Cuando todos los invitados se hubieron marchado, Holly empezó a sentir el cansancio.

–Creo que deberíamos irnos, Holly está cansada –dijo Jeff.

Holly se volvió a la madre de Jeff para darle las gracias por la fiesta.

–Ha sido una fiesta maravillosa. Me siento muy bien entre vosotros. Éste va a ser el primer bebé en mi familia y tengo la sensación de que, a partir de que la niña nazca, veré más a mis padres.

–Sé que será así. Tu madre me ha hecho toda clase de preguntas respecto a Emily –dijo Monica Brand sonriendo–. Estoy deseando tener otra nieta. Emily es encantadora. Disfruto muchísimo yendo a comprarle ropa.

Holly sonrió.

–Gracias otra vez.

–Gracias, mamá –dijo Jeff besando a su madre en la mejilla y abrazándola–. Ha sido una fiesta estupenda, lo hemos pasado muy bien.

A Holly el trayecto de media hora hasta su casa se le antojó una eternidad. Por fin, se encontró en el dormitorio y en los brazos de Jeff.

–Te quiero, Jeff Brand –dijo ella, feliz.

–Te quiero, cielo. Y me alegro de que ahora vayas a estar en casa todo el tiempo. Te amo, Holly. No puedes hacerte idea de cuánto –dijo él, abrazándola mientras la besaba.

–Cuando la niña cumpla tres meses podremos volver al rancho –dijo Holly.

–Sssss. Ya hablaremos de eso en su momento.

Holly rodeó el cuello de su marido con los brazos. Sabía lo afortunada que era de tener el amor de un hombre como Jeff, y pronto tendría a su hija. Le besó, deseando pasar la vida entera demostrándole lo mucho que le amaba.

Deseo™

Un millonario despiadado

YVONNE LINDSAY

La venganza lo había movido durante más de una década y, ahora que por fin tenía su objetivo al alcance, Josh Tremont se descubrió deseando más. Su nueva asistente, Callie Lee, era guapa, sensual y aparentemente inocente. Sin embargo, se la había ganado al enemigo... ¿podía fiarse de ella por completo?

Acostarse con un millonario no estaba entre los planes de Callie, pero Josh Tremont era sencillamente irresistible. Se había metido en aquello sabiendo que traicionaría a su jefe, pero no había esperado engañar al hombre de quien se había acabado enamorando.

Durmiendo con su enemigo

Él había olvidado su pasado en común,
pero no su cuerpo…

Un espléndido baile de máscaras no era lugar para la poco agraciada recepcionista Carys Wells. Acostumbrada a pasar desapercibida entre los famosos, se sentía vulnerable ante la mirada ardiente de un hombre enmascarado. Lo que menos se imaginaba era que era el mismo del que había huido dos años antes y que su magnetismo sexual volvería a causar su perdición.

Alessandro Mattani no recordaba a Carys, pero su cuerpo sí lo hacía…íntimamente. Y el italiano estaba resuelto a reclamar todo lo que consideraba suyo.

Un amor en el recuerdo

Annie West

Boda imprevista

CATHERINE MANN

Eloisa había abandonado a Jonah Landis al día siguiente de haberse casado... y él nunca se lo perdonaría. Sin perder tiempo, Jonah pidió el divorcio y se juró que borraría de su mente todos los recuerdos de aquella mujer.

Pero un año después, Jonah descubrió que, debido a un detalle técnico, todavía era un hombre casado. Eloisa había mentido sobre muchas cosas y, ahora, él finalmente contaba con todo lo necesario para desenmascararla. Si su "mujer" quería salir de su matrimonio, tendría que darle todas las respuestas que buscaba... y la luna de miel que todavía deseaba.

Yo os declaro... ¡aún casados!